AF275951

Un círculo sin sombras

Un círculo sin sombras

Martín Lombardo

Sr. Scott

Primera edición: octubre de 2024

©2024, Martín Lombardo

©2024, Sr. Scott Libros

ISBN: 978-84-128240-3-2

Depósito legal: M-19848-2024

Diseño de cubierta: Sr. Bermúdez

Impresión: Safekat

En una solitaria mañana de junio, desde el puerto, alguien pudo observar a un hombre que nadaba a lo lejos, a la altura en la que terminaba el muelle, entrando en la bahía, sin que fuera posible precisar de dónde había surgido ni tampoco si había desesperación en los gestos. Por momentos, dejaba de bracear, abandonándose a la corriente, como si confiara en que, tarde o temprano, sucedería lo que por fin sucedió, llegar a la arena.

Enseguida escupió un poco de agua salada, luego se tumbó boca arriba y quedó mirando al cielo. Con los brazos en cruz, agotado, cerró los ojos, y nadie se acercó a él.

Entre todas las maneras posibles de alcanzar la Costa da Morte, la más adecuada ocurre como fruto de un naufragio. Quizás por ese motivo, un incierto testigo impuso el rumor de que el hombre venía en un bote, que intentaba, como tantos otros, acercarse a las rocas, pescar algunos percebes, desafiar las olas. Quizás tuviera hambre, quizás deseara comerciar, quizás viviera sumido en la desesperación y no sabía ni siquiera lo que hacía.

También se dijo que fue arrojado al agua desde un barco, bastante lejos de la bahía, y que entonces el trayecto realizado lo convertía en un prodigioso nadador, en un afortunado prófugo. Sin embargo, los navegantes, cuando juzgan oportuno y necesario deshacerse de un tripulante, evitando parecer lo que de verdad son los navegantes, piratas, abandonan al condenado en una minúscula isla solitaria, dejándole sólo dos objetos: una botella de aguardiente y un revólver con una sola bala.

¿Alguien vio una botella de aguardiente entre las pertenencias del hombre? ¿Y un revólver?

Otros aseguraron que, días más tarde, acodados en un bar, cuando se habló de las destrezas de los pescadores, el hombre, frente a la sugerencia, confesó que, en el agua, apenas si conseguía mantenerse a flote.

Faltos de otras hipótesis sobre la manera en la que el hombre hubo llegado, prefirió darse por buena la versión del naufragio y evitar a cualquier costo hablar de natación, de barcos y proezas atléticas cuando el extranjero estuviera presente, no fuera que el hombre se obstinara involuntariamente en desechar rumores y así se quedara sin su mito de origen.

Dicen que después de haberse dormido al sol, lo despertaron las gaviotas que sobrevolaban por la playa y que recién entonces, ya de pie, observó hacia los costados, como midiendo la longitud de la costa, como si reflexionara en dónde se encontraba y hacia dónde iría, hasta que empezó a caminar en dirección al pueblo, con paso decidido, sabiendo exactamente lo que debía hacer.

Del otro lado de la bahía, cruzando el monte y el bosque, se llega a otra playa, Soesto, y siguiendo el sendero marítimo, caminando por las rocas, bordeando acantilados, hay otra playa, Traba, bastante más extensa, de unos diez kilómetros, y con cierto aspecto fantasmal, sobre todo cuando el mar está encabritado, que son casi todos los días. Algunos aprovechan la soledad para acumular algas, que luego comercian por unas monedas; otros, los menos, pasean y se mojan los pies. A la mayoría le son indiferentes las figuras que pueda tomar la naturaleza.

Siempre han sido pocos los que se atreven a meterse al agua en Traba, todavía menos en Soesto. Quienes lo hacen, buscan adrenalina y riesgo, al punto que los habitantes de las aldeas cercanas los consideran suicidas. Son, en la mayoría de los casos, extranjeros o falsos vernáculos, gallegos que abandonaron el país para vanagloriarse, al volver, de una pertenencia que al resto le resulta dudosa o directamente falsa.

A fin de cuentas, son los otros quienes también deciden el lugar al que uno pertenece.

Del náufrago jamás pudo decirse que practicara alguna de esas actividades. De todos modos, y más allá de las polémicas y de las versiones de su llegada, su vínculo con la playa estuvo bastante presente, sobre todo, en los primeros tiempos.

Que se dijera que las primeras noches el náufrago haya dormido a la intemperie, tirado en la arena, enseguida le supuso la sospecha de ser un suicida. Quienes sostenían la idea oscilaron entre un juicio misericordioso y otro cobarde sobre el extranjero. Cualquier cosa que pudiera realizar el hombre sería vista como un acto por procuración, como un gesto vano, que remplazaba de manera imperfecta el verdadero y secreto deseo, darse muerte.

No habría que hacer un mundo cuando un hombre muere: en las aldeas, los finados formaban parte del paisaje y de las costumbres. Lo que parecía molestar a varios resultaba la dificultad, incluso la imposibilidad del náufrago por trazar el punto final de una vida. Cuando lo observaban caminando por los senderos al lado del mar, los más severos enumeraban a los familiares muertos en las fiestas, cuando, algo borrachos, patinaban al pisar las rocas y caían por los escarpados acantilados. Entonces había que esperar hasta que los cadáveres llegaran a las playas y comenzar con los rituales del entierro. Siendo tan simple equivocar uno de los pasos y hacer pasar ante los ojos de dios el suicidio por accidente, la torpeza suicida del náufrago no hacía más que ponerlos de mal humor; como si viniera a decirles que su vida era tan importante que parecía imposible acabarla.

Otros desechaban siquiera la discusión porque, en rigor de verdad, nadie o casi nadie había visto nunca al náufrago despertando en las playas, haciendo una mísera carpa con cuatro ramas y un trozo de tela, como varios dijeron que hacía.

Una de esas tardes aburridas y de lluvia, alguien,

acodado en la barra, rompió el silencio habitual que reinaba luego de las preguntas que se habían vuelto retóricas, prueba irrefutable de que el extranjero dormía a la intemperie. Cuando el silencio ya daba paso a otro tema, porque tampoco iban a prestarle la mayor de las atenciones a una historia que apenas si los rozaba, el vecino en cuestión dio otro de esos argumentos que se considerarían irrefutables, al menos hasta que llegaran las nuevas certezas: si nadie había visto al extranjero en la playa cabía entonces la posibilidad de que alguna mujer lo escondiera por las noches, siendo entonces casi una evidencia que la infidelidad o el infortunio golpeaba a los lugareños.

Siguiendo una vieja costumbre, desde que varios lugareños habían emprendido una travesía en barco que, en la mayoría de los casos, no tendría regreso, se optó por llamarlo americano. Más que los Estados Unidos, América evocaba las ciudades de La Habana, Caracas, Buenos Aires o Montevideo; y bastaba con nombrar esas regiones del mundo para que en el aire quedara un tinte entre nostálgico y sospechoso.

Cuando se hablaba de América, enseguida se hablaba de Vigo y de los barcos que hacían escala en algún país africano, permitiendo que varios vieran por primera vez a los hombres negros, de los que ni siquiera sabían de su existencia. Si la nostalgia provenía del sentimiento de haberse topado o vivido historias truncas, propias o ajenas, interrumpidas y proclives a la imposible pregunta sobre lo que habría podido suceder —¿qué habría pasado si el vernáculo se hubiera ido?, ¿qué habría pasado si el viajero hubiera tomado la decisión de quedarse?—, por su parte, la paranoia surgía cuando el inesperado regreso se materializaba invitando a conjeturar sobre sus causas. El melancólico fantasma se convertía en un siniestro símbolo de la paranoia.

Fue innecesario aclarar que nadie regresaba nunca por el simple placer del regreso o por la curiosidad de anclar en tierras de los ancestros. Sólo los incautos o rencorosos, los que se obsesionaban con averiguar episodios más bien olvidables, tropezaban con la trampa de la morriña y actuaban siguiendo la esperanza de un posible rencuentro.

Los que creen que la nostalgia marca un camino a seguir, más que una exageración sobre lo perdido para siempre, quienes ven en la morriña un vínculo con el futuro y no uno con el pasado, son los que, al mismo tiempo, le otorgan cierto carácter noble o, peor todavía, de sensatez al uso de las palabras.

La soledad será siempre la única compañía, solía decir el dueño de O Quita Penas.

En su origen, el museo del pueblo ha sido la consecuencia de un deseo. El deseo de un hombre, transmitido al hijo y a otros miembros lejanos de la familia, haciendo que, poco a poco, ese deseo se transformara lentamente en un mandato, en una carga, en el infinito peso que supone una colección.

La familia, los deudos, los herederos, los acomodaticios debieron de manera más o menos consciente, a través de las fotos, de los ángulos en que se fijaba la cámara, decidir las formas que tomaba la memoria.

Con la muerte del pionero, ese hombre que se había impuesto como tarea fotografiar todos los acontecimientos de la región, y con la muerte del hijo del pionero, quien había retomado el proyecto del padre, ya habían quedado suficientemente lejos los rencores que existen entre vecinos —que unos se pelearan con otros pareciera haber sido siempre el motor de los vínculos sociales, como si el modelo para organizarse fuera el odio entre los Capuleto y los Montesco—.

Bastó con que un alcalde, en respuesta al otro museo de la zona, el de Camariñas, erigido en honor a un enigmático anacoreta proveniente de Alemania, hiciera la propuesta para que todos o casi todos se pusieran de acuerdo en que fuera una antigua casa cercana al puerto la que expusiera la memoria fotográfica.

El hombre calvo y regordete, quien ha estado a cargo desde la inauguración, inefable pariente lejano del fotógrafo pionero, tenía por costumbre hacer pasar por enigmática una sentencia aprendida en la adolescencia, cuando todavía no podía entender del todo bien el valor de la experiencia: «Todo en la vida tiene un final, salvo las salchichas, que cuentan con dos». ¿Cuándo finalizaría el museo? La pregunta lo atemorizaba y lo obsesionaba, sabía que, cuando llegara ese día, el del final, se quedaría sin trabajo y se enfrentaría, una vez más, a las escasas opciones que se le presentan para ganarse la vida. Además, el hombre no tenía descendencia, y esa ausencia de hijos le impedía transmitir o, incluso, imponerles el mandato de cuidar esos tesoros menospreciados por varios.

Si la camarera de O Quita Penas estaba acostumbrada a los intercambios rápidos, pícaros, divertidos, por su parte, el hombre del museo se encerraba en los circunloquios, en monólogos destinados a nadie, en esos intentos de hablarle al otro para entenderse a sí mismo. Más por desidia que por voluntad, el hombre que regentaba el museo vivía solo desde que se había ido a la ciudad una de sus hermanas. Conservaba la casa familiar, demasiado grande para una persona, pero no veía ni la necesidad ni el interés de mudarse a otro sitio; si algo tenía claro era su lugar en el mundo, el pueblo pesquero de la Costa da Morte en donde había nacido varias décadas atrás. Como suele sucederles a los solitarios, cuando se cruzaba con alguien que le hacía una pregunta, sin ser demasiado consciente, se hundía en largas peroratas, como si le fuera necesario sacarse de encima al menos una parte de las ideas que había tenido en los últimos días, desde la última vez en que se le había presentado la ocasión de abrir la boca.

Alguien llegó al bar y anunció la noticia: habían visto al extranjero a unos veinte kilómetros, fuera del municipio, paseándose por las orillas del mar, como solía hacerlo desde su llegada, perdiéndose en los senderos, disfrutando de los paisajes y de los acantilados, entrando, por fin, al celebérrimo cementerio inglés, el que honra el que fuera quizás el más importante de los naufragios de la zona, ocurrido a mediados del siglo diecinueve. El extranjero sacó varias fotos y alguien se preguntó por qué habría sacado varias fotos si en ese cementerio yacían numerosos marineros, pero había una sola lápida conmemorativa.

El hombre calvo y regordete perdió el entusiasmo, la sorpresa, incluso el temor cada vez que el obstinado visitante veía fotos de aviones encallados en las playas. El americano dejaba sobre el escritorio las dos monedas con las que pagaba la entrada, lo hacía sin decir nada y se perdía en las escaleras, empezando el humilde recorrido fotográfico por el piso más alto, en el que estaba el observatorio y el telescopio. Se tomaba su tiempo en cada piso y luego descendía lentamente, como si también hubiera algo interesante en las escaleras, se movía mirándolo todo como quien mira por primera vez algo. Al terminar, regresaba al tercer piso y se quedaba unos minutos en el mirador cotejando las diferencias entre esa playa en donde, a unos pocos metros, un puñado de turistas se tiraba al sol y esa otra playa, la de la foto, que resultaba ser la misma y tan diferente a la vez, en donde se veía un anacrónico y absurdo avión, y a un grupo de hombres y curiosos rodeándolo.

Lo mismo, en ocasiones, es diferente.

Ni siquiera Celia Vidal, la camarera del O Quita Penas le prestaba atención al hombre calvo y regordete; no sólo porque el encargado del museo hablara cada vez menos y de manera más incomprensible sino también porque, atendiendo a los clientes, paseándose entre las mesas, sirviendo cervezas detrás del mostrador, ella conseguía, lo quisiera o no, nuevos datos sobre el forastero.

Entre los habituales del O Quita Penas, los domingos, hacia el final de la mañana y hasta las dos de la tarde, hora en la que puntualmente se ponía de pie y pasándose la mano por la panza, le guiñaba un ojo a la camarera y anunciaba a viva voz que, empujado por el hambre, había llegado la hora de emprender el regreso a casa, se encontraba Vitolo Lamas.

El americano comenzaba a inquietarlo, y así se lo hizo saber a Celia Vidal. Si el mundo podía clasificarse entre los que tenían y los que carecían de imaginación; si, por otra parte, la imaginación resultaba una suerte de viaje, quizás, de hecho, se tratara del más refinado de los desplazamientos que un hombre podía realizar, ¿en qué categoría podría ubicarse a ese hombre, tan inmóvil y a la vez tan inasible, tan inquieto? Lo que de veras contrariaba a Lamas era la amenaza que suponía alguien que, al parecer, escapaba un poco a las categorías habituales: ¿y si venía a escribir sobre el pueblo? O, todavía peor, ¿y si el extranjero, cuando escribiera sobre el pueblo, faltaba a la verdad, a ese puñado de historias que, de una manera o de otra, se habían dado por ciertas, por más que en ocasiones poco y nada correspondieran con los hechos? Demasiadas horas había pasado Vitolo Lamas encerrado en la casa, contando de manera más o menos veladas las historias más tristes, forjando así el esperado aire melancólico en una intriga con derrotadas ilusiones de protesta social. Si alguien, con un solo gesto, desmoronaba ese imaginario, entonces, la vida letrada de Vitolo Lamas habría sido una pérdida de tiempo.

¿Qué podría haberle dicho Celia? ¿Contarle algo que seguramente el escritor ya sabía y que, de alguna manera, también lo sumiría en el desconcierto? ¿Decirle, entonces, que Senta, a pocos días del casamiento, mientras desayunaba en O Quita Penas, se mostró dubitativa, considerando que, tal vez, por más que Chucho fuera un buen hombre, casarse con él sería un grosero error?

Senta acabó con sus dos cortados y su cruasán, pagó y, ya en la calle, del otro lado de la puerta, fumaba los tres cigarrillos con los que solía empezar el día. Entonces, alguien, sin dar mayores precisiones, relacionó las dudas de Senta con la presencia del americano. De otro modo, ¿a que podrían venir, si no fuera por esa presencia inesperada, las dudas de esa mujer? Llevaba seis o siete años de noviazgo; a los diecisiete, en la boda de su mejor amiga, la que se casó a las apuradas para hacerles creer a los suegros que el hijo sería sietemesino, conoció a Chucho, desamparado con apenas veinticuatro años porque lo había dejado la novia. Desde entonces, estaban juntos.

Ella se había acostado con los hombres que había deseado, y lo seguiría haciendo luego de casada, tampoco le costaría mucho hacer el esfuerzo de la indiferencia cuando la engañara Chucho. Senta Vidal resultaba lo suficientemente sensata para conocer los sinsabores de la vida y las razones de ciertas decisiones, entonces, ¿por qué las dudas? ¿De dónde podía venir esa inclinación a las reflexiones sobre el sentido de la vida?

Siete años atrás había sucedido algo similar, dijo Vitolo Lamas.

Eso le susurró a la camarera, en lugar de su habitual anuncio sobre el hambre y las ganas de comer.

El bar había quedado vacío. Los que no estaban en sus casas, a resguardo, se tiraban al sol, a disfrutar de los últimos calores del verano. Cuando estaba sola, la camarera de O Quita Penas, observaba por la ventana la calle y, sin importarle las reglas, se fumaba un cigarrillo al lado de los barriles de cerveza.

A ella le sería imposible precisar si fue siete años atrás, pero lo cierto es que sabía que, de tanto en tanto, ese aire raro se apoderaba del pueblo y, si bien sucedían las cosas que sucedían siempre, parecía que nada resultaba igual o que todo estaría por cambiar radicalmente.

La ilusión de que un cambio podía ser posible.

Para Celia, la ilusión de un cambio se cifraba en abandonar el pueblo, en instalarse en la ciudad.

Apurada, tiró el cigarrillo al piso, y mientras lo pisaba, observó al extranjero entrando a O Quita Penas. Pidió una cerveza, sonrió —más tarde, ella se preguntó si ese gesto le había sido dedicado o se trataba de las muecas que ciertos hombres tímidos hacen sin pensar demasiado a quién ni tampoco por qué— y ya no pronunció otras palabras.

La camarera de O Quita Penas, Celia Vidal, sirvió la cerveza y recién más tarde se dio cuenta de que había puesto un inusual cuidado, por no decir cariño, en que la espuma llegara justo al borde del vaso, evitando que chorreara. Esa sensación la perturbó un poco, y se volvió en un extraño y ligerísimo malestar por la noche, cuando ya en la cama, dispuesta a dormir unas cuatro o cinco horas antes de levantarse y retomar la rutina, recordó el vaso de cerveza, la espuma y también, como si una cosa y la otra tuvieran alguna relación, las confesiones de la portuguesa.

Como a todos los de su familia, a Liz Fateira se la conocía como la portuguesa, si bien ella jamás había pisado ese país. Tampoco su madre ni su abuela habían salido del pueblo, pero el apodo les venía de su bisabuela, que había tenido a una de sus hijas con un portugués.

El mentado Fateira viajaba bastante y, entre tantos viajes, solía pasar por la Costa da Morte a reposar. Quizás tuviera otras obligaciones por el lugar, ya que no eran pocos los que todavía recordaban los negocios que forjó, si bien no quedaba claro, quizás porque no importara demasiado, si se trataban de negocios vinculados con la pesca o con los pinos o con el contrabando.

Lo cierto es que Fateira había tomado la costumbre de convertir esas tierras en un punto de anclaje, y entre partidas de brisca y ferias, fundó, lo quisiera o no, un extenso linaje. Por no saber, tampoco se sabía si fue de común acuerdo que les dio el apellido a quienes se consideraron sus hijos. El alcalde del pueblo, viendo las costumbres de la administración, sostenía que Fateira se había vuelto algo así como el nombre para los que dudaban o para los que no tenían apellido o para los que, entre varias opciones, no se decidían por ninguno. Quien se paseara por el cementerio, enseguida vería que dos o tres apellidos cumplían con esa función: Vidal, Lamas, Noya y, por supuesto, Fateira. De hecho, Senta Vidal y Celia Vidal, en principio, nada tenían de familiar, excepto el apellido.

No sólo los bastardos se topan con decisiones imposibles, decía el dueño de O Quita Penas.

Liz Fateira no perdía el tiempo con elucubraciones sobre su prole, sobre todo con los más antiguos, los que sólo serían visibles en un raquítico y deshojado árbol genealógico que nunca nadie tendría el tiempo ni las ganas de esbozar. Bastante tenía con el presente como para obstinarse por el pasado; además, para quien se interesaba en lo sucedido, ¿cuál era el límite del pasado?

En la peluquería no entraba nadie los días de playa. Miraba la tele, de a ratos, por la ventana, veía la fila de autos en doble fila. Cada tanto, se oían las bocinas, luego los insultos. A veces alguno llamaba a la grúa, otras veces aparecía algún desganado policía municipal para fracasar en su intento de ordenar las cosas.

A Liz Fateira se le dio por llamar a Celia Vidal. Quizás no fueran demasiado amigas, pero, en ocasiones, se deben contar secretos, hacer confesiones, decir lo que no se debe decir para quitarse un peso de encima y que sea el otro quien entonces no sepa qué hacer con esa historia.

Celia Vidal no atendió. Se quedó detrás de la barra, mirando el salón del bar a través del espejo, sintiéndose protegida de la mirada de los otros. Los otros, en ese momento, se reducían al americano, único cliente de O Quita Penas en un día soleado.

Liz Fateira, como si debiera elegir el título de una portada, escribió un mensaje. Celia Vidal lo leyó y le produjo una sensación rara, ese ligero malestar sobre el que, más tarde, a la noche, ya insomne, reflexionaría hasta que sonara el despertador y siguiera con las rutinas.

Liz Fateira tenía y no tenía un padre.

No resultaba fácil saber lo que podrían significar ciertos lugares o cumplir con ciertas funciones en la vida de ese pueblo. Sin embargo, algunas certezas se imponían, por más que, a veces, parecieran difíciles de entender.

De la madre muerta, recordaba bien el miedo que, siendo niña, le habían dado las plañideras. Si pensaba en la madre enseguida se acordaba de la abuela, de los tiempos en los que, vestida de riguroso negro, como lo haría toda la vida, salía de madrugada a darle de comer a las gallinas. Ahora la abuela estaba en un geriátrico de Coruña, hablando, cuando lo hacía, en una lengua gallega incomprensible, al menos para Liz.

A los hermanos y hermanas, repartidos por los pueblos de la costa, no los llamaba nunca, pero se emocionaba en silencio, sin que se trasparentara, cuando alguna mañana, cada tanto, bajaban del auto y entraban a tomar un café a la peluquería antes de seguir viaje hasta el trabajo. Le dolía que ninguna de sus hermanas se cortara el pelo con ella, pero de eso no hablaba nunca con nadie.

También tenía, lo quisiera o no, lo supiera o no,

un progenitor, pero esa era una historia algo más complicada. A los doce o trece años, durante una temporada, vivió con un hombre y ese hombre la obligaba a quedarse en la casa, a guardar silencio, a irse a dormir a las nueve de la noche y, en los días en los que nadie aparecía por el negocio de sanitarios, salía a la calle y, a la vera de la ruta, debía lavar el camión de reparto. En las manos le habían quedado las marcas de esos años, y una peluquera se pasa una buena parte del día observando sus manos.

Cuando se quedaba sola, se sentaba delante del espejo, como si fuera uno de los clientes, y observaba con detenimiento cada uno de sus rasgos, de sus gestos y de sus prendas. Le daba un vuelco en el corazón cuando pesquisaba un detalle que le recordara a uno de la familia; después entendía que tampoco sabía bien hasta dónde podía llegar la familia. Si rechazaba cualquier prenda de color negro se debía, en parte, a que no deseaba parecerse a ninguna de las viejas del pueblo. Ni siquiera vistió de negro luego de la muerte de dos de sus hermanos, los dos en accidentes de tráfico.

A ella le gustaban y no le gustaban los autos.

Observaba desde la ventana el auto del padre, violando una y otra vez el límite de velocidad y cualquier señalización con la que pudiera cruzarse. Seguía conduciendo por más que, meses atrás, le hubieran quitado el permiso luego de un enésimo control de alcoholemia.

Uno y cada uno de los días en los que pasó con ese hombre y con ese puñado de hermanos —porque, de alguna manera, se trataba de sus hermanos— no hizo más que planificar la huida. Cuando planificaba la huida, las ideas le venían en castellano, como si fuera una manera de ocultárselas al resto, puesto que todos, en esa casa, hablaban gallego.

La fuga llegó con su primer novio, se instalaron unos años en Vigo. A nadie pareció importarle que él tuviera veintitrés años y que ella no llegara a los quince. Al hombre que la había encerrado en la casa del pueblo y le obligaba a lavar el camión ya no le habló más; en cambio, hablaba con sus hermanos, a escondidas, y trataba de convencerlos de que abandonaran esa casa. Lo consiguió con cinco o seis, los otros siguieron con el negocio familiar.

También con ese novio llegó el primero de los abortos y luego la primera separación dolorosa. Después de un peregrinaje por otras ciudades gallegas, había encontrado un piso en el pueblo y se instaló con la peluquería. Volvió siendo otra: eso quiere creer. Ya no le dolían las separaciones, sólo la entristecían durante un tiempo. Quizás lo que más le molestaba era la certeza de que la tristeza se evaporaría, como si la capacidad de pasar a otra cosa desacreditara la legitimidad de los antiguos sentimientos.

Si bien parecía anestesiada, y ese rasgo le resultaba un signo de madurez, con la presencia del extranjero hubo cosas que habían cambiado y a las que le costaba entender del todo.

Bastaba la presencia de ese hombre para que ciertas ideas volvieran con fuerza. Las ganas, por ejemplo, de seguir la vida en otro lado, de ver otros paisajes cuando no entraran clientes, pasar una temporada sin tener que soportar días y días de lluvia.

¿Conocía al americano?

En el bar O Quita Penas, cuando le hicieron la pregunta, porque a todas las mujeres les hacían esa pregunta, Liz Fateira dijo que había charlado unos pocos minutos, nada trascendente. Las otras mujeres, si bien no la desmintieron, no le creyeron, pensaban que Liz Fateira buscaba hacerse la interesante, y que no era la única.

Alguien que llegara de otro lado, al que no conociera desde pequeño y de quien no supiera nada de su vida ni de su familia, le devolvía esa pulsión por irse, ese deseo de abandonar el pueblo. Eso escribió Liz Fateira en un mensaje y lo envió a Celia Vidal porque, entre todas las mujeres que conocía, creyó que Celia podía entenderla, o que, al menos, no le diría exactamente lo contrario de lo que pensara. Lo supiera o no, Celia Vidal, pensó Liz Fateira, también deseaba irse a otro lugar.

El hombre calvo y regordete justo cruzaba la plaza del pueblo con su perro Ter cuando Vitolo Lamas le hizo una seña para que se acercara.

Vitolo Lamas estaba sentado en el banco y parecía aburrido, aunque enseguida dijera que no estaba perdiendo el tiempo, sino que intentaba ordenar las ideas. Cuando buscaba un hilo conductor en un relato o algo de claridad, cuando deseaba conseguir, al menos, una intuición para así saber hacia dónde debía seguir con lo que deseaba empezar, tenía por costumbre hablar en voz alta. Cuando estaba en la casa, se conformaba con pasearse por alguna de las habitaciones y hablar solo. Si estaba por la calle y veía a un vecino de esos con inclinaciones al silencio, buscaba un pretexto para detenerlo y, luego de hacer algún comentario sobre el clima o sobre los asuntos que salían en la televisión, le soltaba lo que podría llegar a ser un relato o una idea o un pensamiento, lo que a veces podría ser visto como una intuición, pero que, por el momento, se quedaba en puro desvarío.

Determinados momentos podían durar mucho tiempo, demasiado.

Ter ladraba. Y si bien el hombre calvo y regordete también deseaba seguir con la caminata, se cohibía y esperaba en silencio que Vitolo terminara con su idea. O sus ideas, porque las ideas, como las desgracias, nunca venían solas.

Unos chicos venían de la playa y cruzaban la plaza en busca de un helado.

De alguno de los bares, salía una música un poco machacona. O quizás fuera el ruido de la tele encendida y a todo volumen. En otro bar, el que abría por las tardes, al que apenas si entraban los viejos del pueblo, probaba sonido un grupo de jazz que tocaría por la noche. Desde la ventana había quizás la mejor de las vistas, pero a los viejos del pueblo no les interesaban las vistas y no entendían, ni entenderían nunca, por qué motivo el dueño no servía tapas de callos los domingos al mediodía cuando los hombres llegaban para tomar el vermú.

El hombre calvo y regordete no prestaba atención al sonido ambiente. No le interesaban las tapas, la televisión ni la música. Se preguntaba, en cambio, si los lunes, el día de la semana en que estaba cerrado el museo, justo habría alguien que tuviera el impulso de presentarse; el museo no podía permitirse perder eventuales clientes, pero la eventualidad de los visitantes se volvía tan etérea que los caprichos del azar se confundían con el destino.

Al escritor le molestaba que fuera un hombre, y justo ese hombre, quien más lo soportara con sus ideas. De todos modos, Vitolo debía acostumbrarse porque las mujeres apenas si lo escuchaban, y cuando lo hacían, como era el caso con Celia Vidal, lo hacían por obligación: la camarera no podía abandonar O Quita Penas cuando Vitolo Lamas entraba, buscaba una mesa y le hacía una seña.

Entre otras cosas, por ese motivo a Vitolo le gustaban los bares: los demás, debían acudir a su llamado, y a él siempre le parecía que los camareros y, sobre todo, las camareras, tardaban bastante en llegar para atenderlo. Desde que le había dicho a Celia Vidal que le gustaban las camareras porque eran las únicas mujeres que servían de verdad, la relación entre ellos, si es que es aceptable hablar de relaciones entre clientes y camareros, se había vuelto algo más distante.

Lo cierto es que Vitolo Lamas pensaba y cuanto más pensaba, más confuso parecía. Que Ter, el perro, husmeara entre sus zapatos, si bien no parecía importarle, tampoco lo ayudaba.

Siete años atrás había ocurrido algo similar, dijo, y otros catorce años atrás, y veintiún años atrás y así siguiendo, casi hasta el principio de los días, por más que la memoria fuera traicionera y un hombre pudiera confundir fechas, el destino no sabía de errores.

El hombre calvo y regordete lo miraba a los ojos, absorto, sin prestarle demasiada atención al perro, que tiraba de la correa con ganas de seguir con la caminata.

El asunto de Senta Vidal lo confirmaba.

¿Celia Vidal? Al hombre calvo y regordete lo sorprendió la velocidad con las que pronunció esas palabras, así como el vuelco que le había dado el corazón.

Senta Vidal, aclaró Vitolo Lamas, la novia de Chucho.

O tal vez fuera más preciso decir que era la exnovia de Chucho.

¿Se habían separado?

Algo más perturbador: a pocos días de la boda, ella no estaba convencida de nada, no le encontraba sentido a la ceremonia.

El hombre calvo y regordete se rascó la nariz, le dio algo más de soga al perro y, si bien no era algo que le interesara, ni tampoco él se caracterizara por su sagacidad, creyó entender por qué el asunto de Senta conmovía a Vitolo Lamas. Lo que no alcanzó a entender era por qué motivo él pronunció el nombre de Celia en el medio de esa charla; ni mucho menos entendía ese malestar o incomodidad.

Lamas seguramente se acordaba bien de las fechas. Siete años atrás, y luego de siete años de matrimonio, lo había abandonado la mujer. Que la decisión de la mujer no lo hubiera sorprendido no quiere decir que le haya sido indiferente. Le dolió y ese dolor duró bastante. Volver a la soledad no resultaba nunca tarea fácil, y más si ocurría, como le ocurrió a Vitolo, en la misma semana en que había muerto su madre.

La mujer de Vitolo Lamas se lo había dicho unos días antes de que se casaran: Vitolo no era el hombre de su vida; se casaba con él porque, en cierto momento, había que casarse y también porque ella tenía cariño y respeto a la madre de Vitolo, y porque ella amaba a un hombre con quien no podría casarse nunca.

Además, a la madre de Vitolo, así como a los padres de la mujer de Vitolo, les hacía ilusión ese casamiento. Así que ella fue bastante clara: lo abandonaría cuando muriese el último de los progenitores. O cuando fuera posible casarse con el hombre al que de verdad amaba. Las cuentas claras, eso resultaba importante, y esa sinceridad, en aquel momento, a Vitolo Lamas lo conquistó.

Con el bolso al hombro, luego de darle el último y breve beso en los labios, a modo de excusa, la mujer lamentó que el último en morir haya sido la madre de Vitolo; le habría resultado más simple a Vitolo pasar el trago si se hubiera tratado de la suegra.

¿Entonces?

Siete años y otros siete más, y así siguiendo.

¿El americano sería el hombre al que amó la exmujer de Vitolo?

Improbable, casi imposible, por lo que se dejaba ver, el americano parecía bastante joven, no correspondían los años ni las fechas.

Sin embargo, las apariencias engañan.

Y los fantasmas no envejecen.

Vitolo Lamas volvió al silencio. Sacó un libro y se puso a leer.

El hombre calvo y regordete siguió paseando al perro, y si bien las historias de Vitolo Lamas no le interesaban, como nunca le habían interesado las novelas que publicaba —indiferencia compartida por todos los vecinos—, tuvo la sensación de que esta vez le había transmitido, si no el gusto, al menos, un ligero y confuso malestar.

De Gumercindo, nadie, y mucho menos él, podría decir en qué año había nacido. Tampoco los documentos resultaban fiables. Ciertos papeles, entre ellos, las actas de nacimiento y de bautismo, solían cumplir con una obligación, algo parecido a una costumbre o a un ritual al que se debía responder sin que hubiera necesidad de que los hechos correspondieran con las versiones de los hechos.

Existía el acuerdo más o menos tácito de que se trataba de la persona más vieja del lugar. Hablar de él implicaba la indefectible alusión a su progresiva sordera y a la manera en que no oír bien lo aislaba del mundo. Cuando alguien contaba su encuentro con el viejo enseguida mencionaba el empeoramiento, solía decirse que ya si apenas oía algo.

Sin embargo, parecía como si nunca llegara el momento de la sordera completa, como si a último instante, cuando el interlocutor ya estaba casi a punto de abandonar todo intento de comunicación y disfrutara por anticipado del hecho de tener que darle la noticia al pueblo, imaginándose entrar al bar para anunciar que, por fin, ya no oía nada, el viejo reaccionaba con algún gesto, alguna frase, alguna palabra que retomaba el hilo de la charla, y esa actitud última y, según algunos, desesperada, lo salvaba de tal conclusión.

Otros decían que siempre había oído perfectamente pero no se interesaba por nada que pudiera decírsele, y ese desinterés era interpretado como sordera. Varias veces, el viejo salía del mutismo para asegurar que él no estaba sordo, que no hacía falta que le gritaran.

Lo único que hacía Gumercindo era observar la ruta desde la ventana de la casa. Al parecer, no encontraba tiempo para otra cosa, ni siquiera para desempaquetar los muebles y las vajillas que conservaba todavía en cajas o debajo de los plásticos. Las cosas llevaban así más de dos décadas, cuando, luego de dar por terminada la construcción de la casa y haberse jubilado, a la mujer se le dio por morir. ¿Para qué sacar las cosas si Herminia no estaba? Alguien sugirió que vendiera todo, pero la respuesta fue tajante: ¿vender sin usar?, ¿qué sentido tendría semejante locura?

Vitolo Lamas, los domingos, después de los callos, aprovechaba la cercanía entre el bar y la casa de Gumercindo para visitarlo.

Gumercindo le daba la espalda, observaba por la ventana y dejaba que Vitolo se enredara en sus ideas. Si los vecinos tenían tendencia a gritar en lugar de hablarle —lo que llevaba al viejo, una y otra vez, a decir que no era sordo—, la susurrada digresión de Vitolo hacía que, en ocasiones, Gumercindo, sin parecer inmutarse, le pidiera que hablara más alto y que articulara mejor.

Vitolo no tocaba el timbre, la puerta siempre estaba abierta.

Siete años atrás, Vitolo se había separado. O lo había abandonado la mujer.

Otros siete más atrás, se había casado, cuando ya en el pueblo lo daban por un solterón empedernido.

¿Qué habría pasado veintiún años atrás?

Ni siquiera un gesto, nada. Gumercindo seguía impávido.

Vitolo Lamas se reprochó la estupidez de confiarse al viejo: además de sordo, además de no haber tenido nunca en claro ninguna de las fechas en las que sucedían las cosas, perdía la memoria.

El dueño de O Quita Penas diría, como decía siempre, que la memoria sólo servía para perderla. Que los recuerdos eran como esos terrenos que en breve serán devorados por el mar, de los que, en el mejor de los casos, quedará algo parecido a ruinas o una foto vieja, en la que ya no será posible reconocer nada.

Cuando ya estaba dispuesto a dejar la casa, cuando Vitolo Lamas, aburrido de la escritura, ese ritual que lo llevaba a inventar siempre lo mismo, consideraba la posibilidad de perder la tarde caminando cerca del mar, mientras dejaba el vaso de agua en la mesa, sin lavarlo, y anunciaba que ya vendría a visitarlo en otra oportunidad, el viejo salió del mutismo y dijo una serie de frases enigmáticas.

Ni siete.

Ni catorce.

Ni veintiún años atrás.

Mucho antes.

¿Veintiocho?

¿Treinta y cinco?

¿Cuarenta y dos?

No.

Sesenta y tres, mínimo. Tal vez fueran más. Serían, más o menos, sesenta y tres años, sí. Si es que uno confiaba en los papeles, en esos papeles en los que nunca habría que confiar demasiado, entonces, habría que situarse sesenta y tres años atrás.

¿Y qué había pasado?

Había llegado al pueblo un viajero holandés. Hacía negocios por el mundo. Lo importante, lo verdaderamente importante, era hacia dónde iba ese viajero y, sobre todo, su deseo de ir con alguien.

Un marinero.

Un comerciante.

Eso decían.

Que buscaba una mujer para llevársela en su viaje inmortal por los mares del mundo.

Eso dijo. O eso creyeron los otros que dijo el holandés. ¿Quién sabe? ¿Quién podría acordarse? Quizás la familia Mariño, si no estuvieran hundidos por la vergüenza, podría decir algo. Sin embargo, esas cosas no se cuentan y las familias no son más que un puñado de secretos inconfesados. Sabemos de todos y de todo, excepto de nosotros mismos.

Salvo alguna que otra cosa.

Gumercindo se reía.

Un holandés enamorado de las sirenas.

Una mujer que huyó.

Una leyenda holandesa.

Un hombre, todavía joven, sabiendo que, años más tarde, cuando ya no importara, cuando llegara la ocasión de hacer lo que de verdad tenía ganas de hacer, no haría más que mirar por la ventana. Sería el momento de cumplir con una promesa. Aunque ya no tuviera sentido. Esperar un regreso. El de la mujer.

El holandés había vuelto, igual de joven que sesenta y tres años atrás: eso dijo Gumercindo.

No estaba sordo, en absoluto.

Sólo le causaba gracia. Mucha gracia.

El viejo desvariaba, pensó Vitolo Lamas.

Un par de semanas más tarde, lo encontraron muerto. Después de varias horas sin verlo en la ventana, los vecinos entraron en la casa anticipándose a lo que vendría. Lo encontraron en el salón. Gumercindo tenía unas tijeras en la mano. Había empezado a desempaquetar muebles. Se le dibujaba en la cara una mueca rara. Algunos decían que se reía; otros, que había llorado.

Si bien, a primera vista, el nombre Costa da Morte podría inducir a error y alimentar otras teorías, no fueron pocos los que vieron en el lugar una posibilidad de alcanzar, sino la inmortalidad, al menos, una serie de convenientes resurrecciones. De la misma manera en que ciertos pueblos como San Andrés de Teixido se ocuparon de recibir a los resucitados, cualquiera sea el organismo vivo en el que se produjera la encarnación —árboles, animales, plantas, en cualquiera de esos elementos podría corporizarse el espíritu del más reciente de los finados—, otros pueblos, los más costeros, parecían, según algunos, más cercanos a ofrecer una posible inmortalidad. ¿El mar se erigía en posible puerta de salida hacia otros mundos?

Soesto, Traba, el pueblo en el que había desembarcado el extranjero, formaban parte de esa ilusión inmortal, jamás desmentida a pesar de que los cementerios estaban cada vez más llenos y las calles más vacías.

Cuando murió Gumercindo, durante los días del velorio, los vecinos, los parientes y allegados, los reconocidos y los bastardos, no muy lejos del cajón, hablaban bastante de la supuesta inmortalidad del finado.

Uno más que no sería inmortal.

Algo se había ganado y algo se había perdido, ya que nadie se ponía de acuerdo sobre la ventura o desventura que implicaba la vida eterna.

El dueño de O Quita Penas dijo: la muerte le ha llegado antes que la sordera; esa preocupación había sido entonces vana, tiempo perdido que daba un halo de brevedad y de absurdo a una vida bastante larga.

¿Y si fuera el extranjero quien venía a buscar la fórmula de la inmortalidad?

Lo veían como un hombre misterioso, amable, tímido o atractivo, del que muchos preferían no hablar. Por cierto, ¿alguien había descubierto en dónde pasaba las noches? No había testigos directos que acreditaran la versión sobre una pequeña tienda montada todas las noches, en plena oscuridad, a la orilla del mar de Traba. De su afición por las fotos, por el contrario, había pruebas: varios lo habían visto con una cámara en la mano. Por las mañanas era posible ver al americano en las inmediaciones del faro y, más tarde, recorriendo la bahía, pasando por el cementerio y bajando hasta la playa de los Cristales.

El americano, contrariando las indicaciones, se llevaba algunas piedras en los bolsillos.

En el bar, alguien arriesgó que, tal vez, el extranjero deseara construirse una casa.

El escritor se quedó pensando en las piedras, en el americano y en los últimos desvaríos de Gumercindo.

Mientras en la televisión, encendida y a todo volumen, pasaban la carrera de la fórmula uno, Miríades, el borracho, cumpliendo con el ritual, levantó una copa y pidió un minuto de silencio. De fondo, el sonido de los motores, y luego, de golpe y al unísono, todos hicieron fondo blanco.

Vitolo Lamas, a pesar de la llovizna, sin saber qué otra cosa podía hacer, salió a caminar durante horas. Se dirigió a las inmediaciones del faro, más tarde paseó por la playa; tenía ganas de ver una piedra célebre en la que, a él, contrariamente a lo que todos decían, le había resultado imposible reconocer la cabeza de un indio. Tal vez ese día tenía suerte y veía lo que todos veían.

En los días en que la lluvia se hacía tenue y constante, en el pueblo, las casualidades, por más que alguno insistiera, no tenían ocasión de ser; si en los días de tormenta, los vecinos se quedaban a resguardo en sus casas, lo mismo que en los días de mucho calor –salvo unos pocos, por lo general los más jóvenes, que les disputaban a los turistas un rincón de la playa–, cuando lloviznaba, muchos vecinos no sabían bien qué hacer y entonces salían a la calle. Creyendo que el paseo marítimo era la opción más habitual y que, por lo tanto, sería la más transitada, el aire melancólico les daba a muchos la curiosidad de recorrer otros sitios. Como el pueblo no era demasiado grande, los irredentos terminaban por cruzarse y se empecinaban en llamar casuales a esos encuentros.

Una peregrinación, mezcla de soliloquio alterado y vuelta al perro.

Ese domingo Celia Vidal no trabajaba y, sin obligaciones por cumplir, el desgano y el desconcierto solían imponerse a las ganas de probar algo diferente. Ir a la ciudad, visitar otros pueblos, conducir por las rutas de la zona y mirar los paisajes de la misma manera en que los turistas miraban lo que se ponía ante sus ojos. Lo que soñaba poder hacer cuando se detenía unos pocos minutos para fumar un cigarrillo en la calle, mirando por la ventana ese bar en el que trabajaba desde hacía demasiado tiempo, quizás por la lluvia o por el cansancio, de pronto le parecía absurdo o aburrido.

A veces, para que le volvieran las ganas, los domingos en que no trabajaba, de todos modos, desayunaba en O Quita Penas. El dueño le traía el café con leche y dos cruasanes, le hablaba de hogares y peregrinos, de costumbres y de arrojo, y cuando ella salía a la calle para fumar, por más que lo intentara, resultaba en vano: las ganas de hacer algo nuevo se habían esfumado.

Además, desde hacía ya varios días, quizás fueran semanas, sentía cierta incomodidad, un ligero malestar al que no le encontraba las causas. A la culpa insistente y difusa se le sumaba el fastidio de sentirse ligeramente culpable sin motivo aparente.

Hizo entonces lo que hacía siempre, lo que decía que no volvería a hacer.

Sorprendida al ver que en el faro había seis o siete personas, enseguida decidió alejarse y caminó hacia el lado del cementerio. Prefería no cruzarse con nadie, quedarse en silencio. Quería buscar piedras en la playa de los Cristales y en el camino pasar por Las Pedras dos Enamorados. Se entretuvo leyendo las inscripciones, encontrando la de Isidro Parga Pondal, de principios del siglo XX. Buscaba nombres y fechas como si tuviera que encontrar uno en especial. Partía de inscripciones recientes, de unos meses, y saltaba hacia atrás, siete, catorce, veintiuno, veintiocho años, y así siguiendo, hasta identificar la más antigua.

Nunca nadie se había puesto de acuerdo en la fecha de la más antigua.

Ella había llegado a retroceder sólo setenta años cuando le tocaron el hombro y con sólo ese gesto bastó para que enseguida le volviera la culpa, y con más intensidad.

Una culpa mucho menos difusa.

Liz le sonreía y le daba dos besos, mostrándole con una sonrisa no sólo que estaba ofendida sino también que la había sorprendido haciendo algo indebido o vergonzoso.

¿Qué podría haber de vergonzoso en distraerse viendo las inscripciones de las piedras?

¿Acaso no venían los turistas hasta ese rincón de la bahía y, luego de escribir sus nombres, de estampar para siempre los nombres de un amor veraniego, se quedaban unos minutos haciendo el mismo ejercicio de búsqueda, divirtiéndose hasta ver la inscripción más vieja?

¿Estaría el nombre del extranjero estampado en la piedra?

Difícil saberlo, ya que nadie sabía cómo se llamaba.

Celia Vidal sonreía, pero sabía que no resultaba simple fingir naturalidad.

Dijo, como si debiera justificarse, que la disculpara, pero, con las urgencias, no había tenido tiempo de responderle al mensaje.

¿Demasiado trabajo en O Quita Penas?

Como todos los veranos.

Entonces, la portuguesa empezó a contarle las novedades sobre Senta.

De golpe, había desaparecido. Les mandaba mensajes a la familia y al novio tratando de explicarles que necesitaba un poco más de tiempo para ordenar las ideas.

El novio estaba desesperado, la familia de Senta bastante enojada y el cura expectante, enviándoles una y otra vez a las dos familias, a la de Senta y a la del novio, los precios y las condiciones de los actos y servicios religiosos.

La anulación de un servicio, por razones ajenas a la casa del Señor, debía abonarse como si hubiera sido realizado, y si, luego, se contrataban los mismos servicios, el precio no sería el mismo, sino algo mayor, en parte como castigo por las indecisiones propias de los débiles de espíritu, en parte porque se había reservado la capilla y la misión del cura y esa capilla y ese cura, si las cosas se hubieran hecho como se debían hacer, podrían haber cumplido con otros sacramentos.

Liz sabía en dónde estaba Senta, pero no diría nada.

Tampoco se lo diría a Celia por más que se lo pidiera.

Celia Vidal no dijo nada.

O, más bien, Liz le dijo que sabía y que podría decírselo, pero que tampoco lo haría.

En la decisión de respetar el silencio de Senta nada tenía que ver la ausencia de respuesta a su mensaje de texto.

Bajaron las dos a la playa de los Cristales. Celia se guardó un par de piedras en los bolsillos. Liz Fateira miraba el mar. Prefería darle la espalda al cementerio, en donde yacía uno de sus hermanos.

Los hermanos muertos de Liz Fateira habían sido los que desearon abandonar el pueblo. La portuguesa nunca hablaba de ese tema, pero todos sabían que, de alguna manera, le resultaba difícil obviar esa supuesta casualidad.

Aunque el mar parecía manso, los pescadores no iban a salir. Más allá, en donde empezaba el mar abierto, las corrientes volvían peligroso cualquier recorrido. Se trataba justo de ese lugar en donde algunos decían haber visto, o haber escuchado decir que alguien había visto naufragar al americano.

En días así, varios recordaban al pescador y al hijo del pescador que, con un clima igual de apacible y traicionero, desoyeron las decisiones de los otros, y salieron igual a trabajar.

Al pescador, lo había devuelto el mar; al hijo, en cambio, la madre todavía lo esperaba. Solían ser los duelos más difíciles, cuando no se podía organizar velorio, ni venían las plañideras ni se sabía bien a qué virgen encenderle una vela. También aquella vez el cura había actualizado los precios y las condiciones de los servicios.

Celia Vidal, por más que no dijera nada, sabía bien a qué hacía referencia Liz. Dudaba si debía creerle a la portuguesa. O peor todavía, sabía que no tenía ganas de creerle cuando contó que había hablado con él.

Celia Vidal no pudo evitar la pregunta.

¿Qué había dicho?

Buscaba el camino a la ciudad porque desde la ciudad saldría el barco que le permitiría seguir con el viaje.

O, más bien, empezar con el viaje que llevaba postergando desde tiempos inmemoriales.

A Coruña o Vigo, entonces, porque el viaje sería bastante largo, supuso Celia Vidal.

En principio, sí, el mundo de los extranjeros era demasiado extenso, visto desde la bahía parecía, por así decir, infinito, pero a veces los hombres, por cobardes o indecisos, no sabían bien qué hacer o no sabía expresarse.

Así son los hombres, dijo Liz.

Ni siquiera el extranjero se salvaba de esas debilidades o torpezas.

De los Mariño, en principio, nadie tendría nada o casi nada para decir. Si alguien se empecinara en contar algo de ellos, comenzaría señalando las ausencias o, para ser más precisos, las posibilidades truncas que se dibujaban en el árbol genealógico: a esa familia con inclinación a ser numerosa, con varios proyectos de recorrer los mares y así poblar la tierra, de hacer del mundo un hogar propio, diferentes razones no sólo les impidieron el sueño de ser muchos, sino que los redujeron a la categoría de olvidados.

Entre los elementos del universo, siempre ha sido el agua el que, para ellos, significaba el mundo. No hablaban de tierras sino de mares y ríos; no hablaban de casas sino de galeones, dornas y chalanas.

Otros, más que olvidados, los catalogaban como sobrevivientes.

¿De qué exactamente habían sobrevivido los Mariño?

El dueño de O Quita Penas solía decir que sólo puede sobrevivirse a una cosa, a la vida misma.

El sobreviviente de los Mariño, además, fue el único que había renunciado al agua. Ese detalle seguramente significaba algo que, de todos modos, nadie en el pueblo se molestaría en descifrar.

Con los años, el puño de los Mariño se había cerrado tanto y con tanta fuerza, que sólo podría nombrarse a uno solo de la prole. Resultaría una provocación referirse a ellos como una familia o hacerlo en plural porque sólo quedaba Eulogio. Sin embargo, cuando alguien se refería a Eulogio hablaba de los Mariño.

Se decía, por ejemplo: los Mariño vendrán hoy a jugar a las cartas.

Se decía, por ejemplo: los Mariño no saben perder al tute.

Se decía, por ejemplo: habiendo sido siempre tan del agua, los Mariño ahora parecían un gato salvaje.

En Eulogio la soledad implicaba otros conflictos, más urgentes, si bien se trataba de una urgencia con la que cargaba desde hacía décadas. Las urgencias de toda una vida, cuando llegaba la vejez, daban paso a una nerviosa resignación.

Después de casarse, y habiéndose ahogado su mujer en las playas de Soesto, Eulogio comprendió que no tendría descendencia. No volvería a cometer el mismo error: asumir la posibilidad de quedarse viudo, ver de qué manera el egoísmo del mar se llevaba frente a sus ojos a otro de sus seres queridos. Se conformó con salir poco y querer menos, visitar alguna barra americana sólo cuando el cuerpo se lo exigiera, y el cuerpo, aletargado, con los años, ya casi no le pedía nada.

Cuando, de joven, y viendo el destino de sus ancestros, había decidido romper con la tradición y, en lugar de ser pescador, aprendió los secretos de la cerrajería, enseguida supo que ese oficio se transmitía por herencia. Es casi lo primero que le explicó Rubio, el viejo cerrajero.

No había escuelas ni centros ni clases ni nada que enseñase a los jóvenes a forzar las puertas y adentrarse allí por dónde quieran adentrarse. Para ejercer, de joven, es indispensable ganarse la confianza de un cerrajero y que sea el hombre experimentado, cuando ya observase aplomo en su futuro discípulo, quien decida enseñar las mañas, las argucias, por así decir, el poder mágico de saber abrir, sólo con un poco de paciencia, todas las puertas con las que alguien pueda enfrentarse.

La elección de un discípulo se convertía en el subterráneo y por momentos perpetuo trabajo, y ese mundo latente horadaba sus días, lo roía por dentro. Hacer réplicas de llaves, cambiar tambores y romper cerraduras eran la parte superficial de las tareas cotidianas, acciones a las que se podía responder de manera casi mecánica. La decisión de elegir un discípulo, identificar en un joven la prestancia y la futura sabiduría para actuar como se debía, por el contrario, implicaba un agotador ejercicio de análisis.

Quienes tenían hijos se veían en la mayoría de los casos a salvo de esa evaluación permanente; desde la más tierna infancia, llevaban al vástago al negocio y, en el taller, le permitían asistir a los secretos del oficio. Las cosas se daban naturalmente, como debía de ser. También serían testigos de otra de las partes importantes del trabajo, el trato con los clientes, los favores que resultaban posibles y los que serían imposibles de cumplir, así como los importes que debían cobrarse dependiendo de las circunstancias, siendo imprescindible aplicar la argucia de quien, en la mayoría de los casos, lidiaba con la desesperación ajena.

A diferencia de Rubio, Eulogio no supo dar con un discípulo. Sería demasiado simple excusarse y decir que los jóvenes ya no se interesaban por esas cosas. Frente a la evidencia, sabiendo que la jubilación cerraba ya la última oportunidad de conocer a su sucesor, sabiendo incluso que ya no le alcanzaría el tiempo para transmitir todo lo que debía enseñarse, Eulogio no sólo sentía la cercanía de la muerte, sino que también asumía una pregunta íntima y desestabilizadora: ¿habría sido un verdadero cerrajero?, ¿acaso la tradición marinera, a pesar de haber renunciado a ser pescador, no lo habría cegado cuando se trató de encontrar un heredero? Si se había casado, si había planeado tener hijos, había sido para estar a la altura de las circunstancias.

Cabía también la posibilidad de que comenzase el periodo decadente de la civilización, y el desinterés por aprender los secretos de abrir y cerrar puertas no fuera más que uno de los tantos y evidentes signos de la futura debacle.

En los días en los que prefería echar culpas a los otros, pensaba que si él no había sido un verdadero cerrajero entonces tampoco lo había sido Rubio, ya que fue el viejo quien decidió enseñarle el oficio. La hipótesis le daba vértigo porque lo obligaba a saltar de él a Rubio y de Rubio al padre de Rubio y así, cayendo como piezas de dominó, podría llegar a los orígenes mismos de nuestra civilización. Porque, según Eulogio, el paso de la naturaleza a la cultura tuvo lugar cuando alguien le puso llave a la puerta de casa.

Cuando tocaron a la puerta, en principio, tuvo miedo: ¿sería la muerte? Luego, se ilusionó, creyendo que por fin vendría algún joven vecino a pedirle que le enseñare el oficio.

Cuando tocaban a la puerta de O Quita Penas, el dueño solía recitar los únicos versos que sabía de memoria: vendrá la muerte, tendrá tus ojos.

Eulogio se reprochó la ingenuidad cuando entendió que lo buscaban por una historia demasiado vieja, perdida entre alguno de sus olvidados parientes.

Quizás fuera su padre.

O tal vez su tío.

¿Quién sabría decir quién es quién cuando se trata de una familia viajera, abierta al mundo, dedicada al mar?

Eulogio se obstinaba en quedarse en tierra, mirando fascinado los atardeceres desde la orilla.

Hubo una marinera, María Sherbitz, de nacionalidad austríaca; amante del padre –o quizás lo fuera del tío, o tal vez de ambos– y, según algunos rumores, posible madre del propio Eulogio. ¿Quién podía estar seguro de algo cuando, desde la tierra, se observan alejarse las embarcaciones? Además, ¿qué importancia podía tener una historia olvidada, seguramente incierta, ocurrida en tiempos remotos, cuando las peleas entre unos y otros se expresaban en algo llamado la guerra civil?

Vestido con un pantalón negro de tiro alto, con el cinturón unos centímetros arriba del ombligo, con una camisa amarillenta que mostraba signos de uso en los puños y el cuello, Eulogio sacó un pañuelo de tela del bolsillo para sacarse el sudor de la frente. Se pasó la mano por la cabeza, como buscando alguno de los pelos perdidos, se llevó un puñado de cacahuetes a la boca y, al masticar, el bigotito se le movía de una manera bastante graciosa.

El hombre que había tocado a la puerta de la casa y que, sentado en la cocina, le hacía algunas preguntas, no se reía. No fue la seriedad lo que le llamó la atención a Eulogio, sino que el hombre no aceptara comer ni beber algo.

Eso no resultaba propio de un gallego pero todavía menos de un forastero que recorriera Galicia, siempre esforzándose por comer tarta de Santiago y pulpo, por beber Alvariño y caña de orujo.

Eulogio bebía vino y, en silencio, se vanagloriaba de su pulso: podría, si así lo quisiera, seguir trabajando, honrando la función que había asumido de joven. Cuando veía sus palmas y observaba algunas de las marcas de los años de infancia, cuando acompañaba a la familia en las salidas al mar, sentía una tristeza incierta, mitad por la nostalgia de los seres perdidos, mitad por haberse arruinado las manos haciendo esa clase de trabajos.

Esas cicatrices le recordaban que, tal vez, no fuera un verdadero cerrajero, sino que, más allá de los esfuerzos por ocultarlo, al igual que el resto de sus parientes, estaba destinado al mar. Su vida no habría sido entonces más que una serie de caprichos por ocultar quién de verdad debía haber sido.

Atardecía y en la cocina los dos hombres se volvían sombras. A Eulogio no se le ocurría prender la luz, tampoco al hombre parecía importarle demasiado quedar sumido en la oscuridad.

Eulogio prefirió moverse y así intentar escapar al aturdimiento melancólico.

Llevó al visitante al fondo del jardín, en donde otros, en tiempos no tan remotos habrían tenido gallinas, incluso, algún cerdo. Eulogio también supo tener animales en la parte baja de la casa, pero hacía ya unos años que, en ese rincón, había armado un tallercito con las herramientas indispensables de un cerrajero que se precie.

El hombre lo seguía, lo miraba hacer y le preguntaba sobre aquella olvidada historia.

¿Quién había sido María Sherbitz?

Escasos datos se conservaban de ella en los registros sobre el campo de concentración de Cedeira. En una antigua fábrica de salazones, a orillas del mar, entre octubre del treinta y siete y noviembre del treinta y ocho operó el campo. Si bien tenía capacidad para albergar un poco menos de doscientas personas, sobrepasó el millar de prisioneros. Entre los prisioneros, todos ellos hombres, aparecía una excepción: María Sherbitz.

Se agregaba la edad, cuarenta y tres, sin especificar si la cifra correspondía al momento de la entrada, sin especificar siquiera en qué momento había ingresado. Ni tampoco decía nada sobre su posible salida del lugar. Otros datos de María Sherbitz que figuraban en los registros: profesión, marinera; nacionalidad, austríaca.

Como tantos otros, no aparecía entre las víctimas del franquismo.

Tampoco en Austria se hacía referencia al destino de esa mujer.

Una sola mujer rodeada de cientos y cientos de hombres.

Quien leyera los escasos documentos que se conservaban enseguida caería en las conjeturas, y en todas las conjeturas se configuraba el infierno.

¿Qué otras posibilidades cabían?

Más allá, la playa y el mar, más que un punto de fuga se convertía en el más inexpugnable de los muros.

¿Quedaba algo de ese lugar?

Ruinas, dijo el hombre. Y un restaurante de cierto lujo, no muy lejos.

Quien siguiera el camino de los faros, en más de una ocasión, también se encontraría con ruinas y objetos rotos, abandonados, de los que sería imposible explicar cómo habían llegado hasta esos parajes. Muebles, sillones desvencijados, redes de pescadores mezcladas con los yuyos, la tierra y el pasto.

Eulogio pulía unas llaves. Manipulaba herramientas, las nombraba, y le hablaba al hombre dándole la espalda; rememorando una historia de la que apenas si sabía algo, por la que tampoco tenía demasiadas ganas de interesarse.

¿Algo más podía decirse de María Sherbitz?

El padre y el tío de Eulogio la conocieron. La mujer tenía un acento extraño, pero no necesariamente austríaco. Bastó que alguien sembrara la duda en el pueblo sobre el origen para que se la juzgara como mentirosa: se decía que no había nacido en Austria, nadie que conociera los secretos del mar provenía de aquel país.

¿De Ámsterdam? Quizás. Desde siempre, ha sobrevolado por la zona la sombra del holandés errante.

Quien viva en una región considerada durante siglos como el último rincón de tierra conocida, sin tener certezas de quiénes fueron los antiguos habitantes de la región, se interesará más por el lugar al que se va y no tanto por el lugar del que se dice venir.

El fin de la tierra conocida, Finisterra.

¿Quién podía saber cómo sonaba el acento de Austria?

Eulogio no se acordaba bien de los hechos; se acordaba, o creía acordarse, de lo que se decía sobre los hechos. Él había nacido por aquellos años, pero sus recuerdos empezaban más tarde, cuando bordeaba la adolescencia y, a pesar del gusto por el mar, sentía la necesidad de apartarse y de anclarse en la tierra.

El padre y el tío, cuando supieron que María Sherbitz estaba en el campo de Cedeira, prepararon un rescate a través del mar. No sólo porque parecía la única manera de acercarse al lugar sino porque, si de algo se ufanaban los dos hombres, era de sus destrezas con las embarcaciones, de la capacidad para moverse por el agua, más allá de las inclemencias, sin que nada ni nadie pudiera alcanzarlos. Guardaron el secreto, hablaban del asunto cuando estaban los dos solos pescando, ya mar adentro.

Zarparon una noche con destino a Cedeira y nunca más se los volvió a ver por las orillas del pueblo. Solía decirse, así se lo contaron a Eulogio, que uno de los dos había muerto y que el otro había huido por el mar, perdiéndose en otros horizontes.

¿Cómo podía saber que los dos preparaban desembarcar en Cedeira si, no sólo, al parecer, nunca lo hicieron, sino que lo habían planificado en secreto?

Los secretos, en los pueblos, no son más que otra manera en la que circulan las historias.

Del padre y del tío, Eulogio sólo había visto un puñado de fotos. Le resultaría imposible distinguir a uno de otro. Los dos eran el relato de la madre, en las escasas ocasiones en las que se dignaba a contarle algo.

También en el pueblo, más de una vez, cuando alguien se enojaba por el precio que debía pagar por el cambio de cerradura, le daba otras versiones de su propia vida.

Así le habían dicho que la madre tampoco era la madre, sino la mujer a la que María Sherbitz le había confiado el retoño cuando la detuvieron por agitadora política.

Otra vez, en una noche de suerte en que jugaba al tute en uno de los bares del pueblo, quien perdió una y cada una de las partidas, saliendo del bar, le contó que, en realidad, el padre y el tío se habían matado a golpes, fruto de los celos: ambos estaban enamorados de la austríaca, y en el desafío a muerte, los dos fueron demasiado certeros con los golpes.

Dos cadáveres yaciendo en una dorna a la deriva,

perdida para siempre.

En la Costa da Morte siempre hubo más muertes que cadáveres, más reencarnados que sobrevivientes.

Eulogio se secó el sudor con el pañuelo y después las lágrimas. No se había dado cuenta de que tenía los ojos llorosos. En la mano derecha, blandía una llave perfectamente pulida, como si fuera posible abrir con ella cualquier puerta del lugar.

Cuando se dio vuelta, entendió que estaba solo.

Esa noche apenas si consiguió pegar un ojo. Estaba inquieto. Tuvo pesadillas. Por la mañana, variando las costumbres, fue a O Quita Penas para desayunar. Celia Vidal dijo que nunca lo había visto sonreír de esa manera ni hablar tanto de su vida. Una sonrisa triste o melancólica. O quizás fuera una despedida.

Días más tarde, ancló una barca maltrecha en la playa. Dentro, el cadáver de Eulogio. Sonreía. ¿Había tragado agua? Sabiendo de su rechazo del mar, y a pesar de las numerosas evidencias que desechaban la hipótesis, muchos aseguraron que se había tratado de un asesinato. La pista del suicidio parecía más sensata, pero hablar de sensatez y de suicidio, a todas luces, no resultaba en absoluto coherente.

Alguien recordó la muerte de Gumercindo y dijo que se terminaba una época. Otros, sin embargo, recordaron lo inolvidable, y vieron en ese acto, en apariencia banal, algo así como las pistas que formaban una serie: ¿acaso el americano no había visitado a Eulogio? ¿No sería demasiado casual que, tras la visita, falleciera el cerrajero que, a pesar de los años, gozaba de buena salud?

Poco bastó para que la furia se desatara en algunos; que el verano hubiera concluido y los turistas hubieran abandonado el lugar, tampoco apaciguaba mucho los ánimos, más bien por el contrario, ya no sería necesario protegerse de eventuales testigos venidos de fuera.

Cuando llegaba la temporada de las lluvias, era indispensable encontrar alguna ocupación que paliara el aburrimiento. Con el agua apenas si se salía a la calle, lo justo y necesario, cuando el trabajo lo requería, y así, en las horas de encierro, sentado en el sofá y mirando la televisión, haciendo la siesta con la estridente compañía de esas voces chillonas, quizás fuera más simple concentrarse en los planos de venganza.

Un grupo de cuatro o cinco hombres se habían organizado para patrullar las playas. A pesar de lo que pudiera suponerse, por las noches encontraron más movimientos de lo previsto. En O Quita Penas alguien dijo que seguramente lo hacían, más que para defender el honor de los viejos, para desentrañar el misterio del sitio en el que dormía el americano. A todas luces, esos cuatro o cinco hombres –algunos decían que era casi diez los centinelas, otros que no llegaban a ser ni siquiera dos– lo hacían para disipar una sospecha que los roía: ¿acaso no serían sus propias mujeres las que recibían al extranjero? Las dudas de un hombre celoso han sido siempre un motor incansable cuando se trata de poner en práctica cualquier delirio persecutorio.

Celia Vidal estaba harta de oírlos. Cuando se quedaban solos, acodados a la barra, tomando una cerveza, mirando la televisión o buscando en los periódicos los números de la lotería, le hablaban a ella de los rumores sobre las redadas nocturnas. Esas redadas de las que nadie asumía formar parte, pero de las que todos, cuando la borrachera los empujaba a las confidencias, tenían algo para decir.

Se hablaba de viejos que combatían el insomnio recorriendo la playa de un extremo a otro, siguiendo los consejos médicos sobre las virtudes del ejercicio físico. Durante el día tenían demasiadas ocupaciones y por las noches, como no pegaban un ojo, habían encontrado algo para hacer y que los agotara lo suficiente para descansar. De todos modos, los dos o tres viejos que tenían esa costumbre, continuaban quejándose del insomnio.

Se veían animales, lobos comiéndose gallinas, serpientes cruzando las carreteras, felinos imponentes. También observaban las colas largas y grises de los lirones cuando se ocultaban entre los árboles.

Otros se refirieron a las luces de los faros, enloquecidas a ciertas horas de la noche, alumbrando a un ritmo diferente del previsto; algunos de esos faros, en teoría, estaban abandonados y, de todos modos, a cierta hora de la madruga, sin razón aparente, se ponían a funcionar.

Lo mismo se dijo de los molinos eólicos que se observaban en las otras orillas, en otros pueblos. Como si las luces y los molinos compartieran un lenguaje inaccesible para los hombres.

Poco bastó para que se demoraran con historias de luces en el mar, de barcas ancladas en la arena y que, una vez que salía el sol, ya nadie sabía en dónde estaban.

Celia Vidal los escuchaba y sentía ese odio aletargado por la costumbre, ese malestar que la hacía sentirse incómoda en el pueblo. Quizás había llegado la hora de irse, pero la sola idea la atemorizaba porque las otras veces en que había tenido la misma sensación, el mismo impulso de abandonar el sitio, al final, no había llegado demasiado lejos.

Ciertos regresos no sólo son vividos como un fracaso sino también se vuelven el signo de la vergüenza por haberse ilusionado con lo inalcanzable.

Liz Fateira le enviaba mensajes, siempre le hablaba de las dudas de Senta, pero Celia Vidal sabía que, en realidad, la portuguesa buscaba saber lo que decían los hombres.

Pocos iban a la peluquería y los que iban no abrían la boca, o si la abrían, preferían hacerlo para contar otras cosas.

Cuando las redadas parecían caer en el olvido, cuando alguien, incluso, deslizó que, en realidad, nunca nadie había salido por las noches a observar lo ocurrido por las playas, que se había tratado simplemente de una argucia para que la gente se quedara en sus casas por temor a ser descubierta, sucedió lo que sucedió.

Vio, ese puñado de hombres –luego se reveló que eran seis–, unos bultos en la orilla de la playa de Traba. Alguien consideró la posibilidad de que se tratara de cadáveres, porque parecían mecidos por el agua. Amainaron el paso, temerosos de toparse con dos cuerpos muertos a esas solitarias horas de la noche.

No se trató de miedo sino de prudencia, dijeron los seis, en cada una de las ocasiones en las que, durante las semanas siguientes, se refirieron al asunto.

Celia Vidal los odiaba, a cada uno de los seis, y no le resultó en absoluto difícil odiarlos porque siempre habían sido hombres despreciables, de los que aprovechaban para tocarle el culo o para chistarle cuando pedían otra ronda de cervezas.

Después llegó el tiempo del olvido forzado, de los seis hombres negando alguna vez haber sido parte de esa supuesta ronda nocturna.

Aquella noche, alguno de los seis hombres parafraseó la célebre sentencia gallega sobre la inexistencia de las brujas que habitan por la zona.

Otro, al parecer, respondió diciendo que debían apurar el paso, acercarse y ver qué eran esos dos bultos.

Lloviznaba y la luna apenas si conseguía iluminar una parte del mar.

Los hombres llevaban linternas.

Uno dijo que sería más prudente apagarlas, para no alertar a los enemigos.

¿A qué enemigos se referían?

Bajaron la intensidad de las luces y empezaron a correr hacia los dos bultos cuando entendieron que los movimientos no se debían al mar, cuando se dieron cuenta de que los dos bultos eran dos cuerpos.

Fueron encontrándose las prendas a medida que se acercaban.

Los dos cuerpos desnudos se cubrían con una manta, uno arriba del otro, y se movían, abstraídos de todo lo que pudiera suceder alrededor.

De la mujer no hubo dudas, se trataba de Milagros.

En celo, dijo uno, como cada año luego de que se fueran los turistas.

Desde que había alcanzado la adolescencia, a los padres les costaba mantener encerrada a Milagros. Si cuando Milagros era una niña lo hacían por vergüenza, para que nadie en el pueblo se diera cuenta de lo que todos ya sabían, desde que tuvo la primera regla el impulso a salir de la adolescente se volvía cada vez más difícil de controlar. De adulta, los padres acarreaban la derrota de una melancolía irreductible.

Milagros hacía lo que deseaba y ella deseaba hacer siempre lo mismo.

Uno de los seis hombres, ya más tranquilo al comprobar que no estaba su mujer involucrada en el entuerto, agarró al hombre de los pelos y le pegó una trompada.

El hombre, indefenso y desnudo, no atuvo a defenderse.

Después lo golpearon los otros cinco, sacándose la furia, como justificando el trabajo de las rondas nocturnas.

No había que matarlo.

El extranjero debía escarmentar.

En un principio, el hombre desnudo intentó defenderse, pero enseguida alguien consiguió atarle las manos y entonces supo que estaba a merced de los otros.

Milagros, acostada de cara a la luna, dejaba que el mar la mojara. Alguien le gritó que se cubriera, que hacía frío. La mujer no los oía; con los brazos extendidos, jugaba con la arena y, por momentos, sonreía, por momentos, insultaba y se burlaba del grupito.

Seis cornudos.

Por más que ella no fuera la mujer de ninguno, en parte, también se sentía la mujer de todos, y las verdaderas mujeres sabían de las flaquezas de los hombres, sabían entonces pegar en donde más dolía.

Uno le dio un cachetazo y Milagros se rio todavía más fuerte. Se desentendieron de la mujer porque, si bien nadie lo aceptaría, esa mujer les daba un poco de miedo.

Arrastraron por los pelos al hombre desnudo. Nadie buscaría restituir ese trayecto; y si alguien intentaba hacerlo, habría sido en vano, ya que la creciente subía y las olas iban borrando las primeras huellas.

La estela del cuerpo arrastrado y, a los lados, los pasos de los seis. Caminaban en dirección a la laguna de Traba. Más allá, se observaban algunos autos y camionetas; eran los surfistas, los que llegaban a la zona cuando la abandonaban los turistas y los que pensaban que barrenar algunas olas bajas podía ser considerado un deporte.

En uno de los camiones se encendieron las luces.

Una bocina, como un descuido o un pedido de socorro.

Los seis detuvieron su marcha.

El bulto profería unos ruidos raros que, en la noche, no se distinguían del sonido que podía hacer un animal.

Dos autos más encendieron las luces.

Otra vez el silencio.

Entonces el grupo continuó con la marcha. Abandonaron los caminos de madera y entraron por los médanos. Encendieron las linternas. Cada uno declamaba un monólogo violento, como si el hombre pudiera prestarles atención, como si los seis supieran quién era ese tipo al que golpeaban, como si en ese cuerpo y arrastrado se concentraran todas las desgracias del mundo.

Cuando se detuvieron, observaron una serpiente metiéndose en un agujero.

Un signo de mala suerte.

Sangraba, llevaba clavadas varias espinas en la espalda. Ya no gritaba. Lloraba resignado, sabiéndose muerto.

En la oscuridad, apenas si podían distinguirse entre ellos.

De fondo, el aullido de algún lobo, el constante mecer de las olas.

Alguien creyó ver a una persona acercándoseles.

No había que ser maricón. Las meigas.

O Milagros.

Lo que no hay es huevos, dijo uno.

El agua borraría todas las huellas y desde las camionetas nadie podría observar lo que sucedía cerca de la laguna.

¿Y Milagros? ¿Los habría reconocido?

Que dejara de llorar, dijo uno pateando en la espalda al hombre desnudo.

Con las manos atadas sería difícil mantenerse a flote.

La laguna tampoco resultaba demasiado profunda. Nada le pasaría. Quedaría el susto y la amenaza, el parapeto necesario para protegerse en la zona de los ataques extranjeros.

¿Qué importancia podría tener lo que dijera una mujer como Milagros? ¿Quién podría tomarla en serio?

El agua de la laguna no estaba fría. Cuando les llegó hasta las rodillas, ya bastante adentrados, se detuvieron. No parecía lo suficientemente profundo como para que alguien muriese. O, todavía más importante, para que el cuerpo quedara escondido durante mucho tiempo.

Con los ojos cerrados, balbuceaba unas palabras raras y se negaba a ponerse de pie. Daba patadas en el agua, así se mantenía a flote.

Iba quedándose sin fuerzas.

Ya no hablaba.

Lo escuchaban como quien oía los ladridos de un perro.

No supieron si debían hacer algo para evitar una

posible supervivencia o si resultaría más adecuado dejarlo librado a su propia suerte: que fuera el condenado quien, a fin de cuentas, tuviera la oportunidad de la salvación.

También resultaba posible atarle los pies y así cerrarle la posibilidad al azar.

Atarle alguna piedra pesada con la cuerda, para que llegara más rápido al fondo y se acabara toda la historia.

Uno sumergió la cabeza de la víctima durante varios segundos.

Lloviznaba.

Justo en un momento de indecisión, sin que nadie hubiera reparado de dónde surgía, una mujer entró en la laguna. Los seis soltaron al cuerpo. La mujer no miró a los hombres. Desató a la víctima y, agarrándolo de los pelos, le sacó la cabeza del agua. La luna iluminó la cara. Tenía los ojos cerrados pero los seis recién entonces lo reconocieron.

Alguien la acusó de ser ella entonces quien se acostaba con el extranjero.

Idiotas, dijo Celia Vidal.

La mujer nombró a la víctima. Un vecino de Corme, al que todos conocían de cuando trabajaba en la panadería y pasaba, luego del trabajo, unas horas en O Quita Penas.

Tan simple, tan torpe: no se trataba del americano.

La mujer lo soltó y el vecino de Corme quedó flotando. Los otros seis bajaron la cabeza y empezaron a salir de la laguna.

Cuando en las tardes, alguien en O Quita Penas alimentaba los rumores sobre las rondas nocturnas, cuando alguien osaba decir que el extranjero había sido escarmentado, Celia Vidal masticaba el odio y los invitaba a una cerveza o a un café. Los clientes aceptaban con gusto, sin saber que, detrás de la barra, una vez tirada la cerveza del barril o servido el café, ella escupía dentro del líquido.

Resignada, se quedó sin ganas de vengarse cuando escuchó al vecino de Corme decir que las heridas eran producto de un accidente con el auto; luego, el vecino de Corme se refirió a las historias que circulaban sobre el extranjero: ¿sería cierto que lo habían ahogado en la laguna de Traba? ¿Sería cierto que había dejado embarazada a la tonta del pueblo?

En la época del chapapote, cuando el petróleo manchaba las piedras y se desplazaba por el agua como una amenaza imborrable y permanente, en esos tiempos en los que estaba prohibido comer mejillones y en los medios de comunicación hablaban de una nueva moneda que remplazaría a las antiguas pesetas, un extranjero se convirtió en algo así como el símbolo del desastre.

En los periódicos nacionales y en la televisión reconstruían la vida del anacoreta alemán que había llegado a Camelle en los sesenta y que, poco a poco, había roto el contacto con el mundo para construirse con los materiales encontrados por la zona una guarida a orillas del mar, a escasos metros del muelle.

El escultor Manfred Gnadinger, conocido bajo el apodo de Man, referente del arte a cielo abierto, murió poco después del accidente del Prestige, al parecer, de melancolía, hacia finales de diciembre, un día de los inocentes. Luego de que se dejara su casa a la merced de los vecinos y curiosos, cuando ya varios materiales habían sido saqueados y otros arruinados, cuando ya resultaba imposible conservar el legado artístico, alguien comenzó los trámites para recuperar algunas de las obras y abrir un museo.

De la casa ya casi no quedaban vestigios, y lo que había sobrevivido se encontraba en el museo, junto a las obras, las fotos y, sobre todo, la innumerable cantidad de cuadernos escritos por el alemán.

En las páginas se observaban los dibujos y también las notas de escritura indescifrable. Más de uno dijo que, si algunos cuadernos faltaban, se debía a ciertos temores entre los hombres del pueblo, temerosos de que el alemán les hubiera dedicado a ellos o, sobre todo, a ciertas mujeres del pueblo, algunos párrafos. Que nadie hablara en alemán, idioma en el que escribía Man, hizo que las páginas se arrancaran un poco al azar, confiando en que con ese método las digresiones del artista no mancharían la honra de los lugareños.

¿Quién podía confiar del todo en un hombre que se paseaba desnudo y que se bañaba en la playa principal y a la vista de todos?

En un municipio que apenas alcanza los cinco mil habitantes, al clásico museo del encaje, se sumó un segundo, dedicado a la vida y obra del artista alemán.

Cuando el hombre calvo y regordete se enteró de que alguien había visto al extranjero caminando por los senderos de Camariñas, enseguida se preguntó si, además de interesarse por las fotos ese hombre también se interesaría, en aquel otro municipio, por las palilleiras y por el legado del ermitaño.

El calvo y regordete miraba al mar, sin importarle la llovizna, sin tampoco prestarle atención al perro Ter, que empezaba a salpicarle los zapatos con su meada.

Alguien lo insultó y recién entonces retomó la

caminata de los lunes, cuando el museo fotográfico estaba cerrado y a él sólo se le ocurría como pasatiempos sacar a pasear al perro y pensar, sólo pensar, en el encierro al que lo sumía su trabajo: el guardián de la memoria de un lugar lo puede todo, salvo ausentarse.

Cuando se esforzaba por reflexionar sobre algún otro tema, tampoco llegaba demasiado lejos y, entonces, por ejemplo, se ponía a pensar, durante el paseo, en los recorridos del americano, al que varios cruzaban por los senderos de la zona.

El infatigable americano se dejaba ver durante el día por los múltiples y desolados senderos; visitaba acantilados y parroquias situadas en lo alto de las montañas y de los montes. En cada una de las parroquias, se detenía en los homenajes realizados a los marineros muertos. Más de una vez, buscó una flor para sumarla a los ramos que se habían depositado al lado de la placa conmemorativa.

Quienes lo veían repetían que el americano sacaba fotos, y ese dato al hombre calvo y regordete lo perturbaba.

También se dijo que tenía la costumbre de entrar a los cementerios y dejarles flores a las tumbas más viejas, a las que ya nadie parecía visitar.

Al hombre calvo y regordete poco y nada le importaban los cementerios.

¿Habría suficiente público para, de pronto, lidiar con tantas fotos del mismo espacio?

El escritor Vitolo Lamas insistía en que el espacio no resultaría igual, por más que se fotografiara lo mismo; en el arte lo singular estaba más en la mirada y no tanto en el objeto que se observaba.

La mirada hacía al mundo, y no al revés.

Al hombre calvo y regordete la explicación no lo tranquilizaba en absoluto. ¿Qué buscaría el americano? ¿Por qué seguía recorriendo la región, si, a fin de cuentas, tampoco resultaba tan grande como para quedarse tanto tiempo? A menos que deseara instalarse, pero si así fuera, ya se sabría en dónde viviría.

Decían que el americano debía llegar a Coruña y que desde la ciudad portuaria volvería en barco a su casa.

¿Acaso no sería más lógico salir del puerto de Vigo?

En Coruña, además de los barcos que llegaban por el comercio, se observaban cruceros, y el americano no tenía la pinta de ser un viajero de uno de esos cruceros.

Tampoco parecía un marinero.

Los clientes de O Quita Penas, cuando Celia estaba detrás de la barra y no podía escucharlos, o al menos eso creían ellos, solían acusarla de haber estado en el origen de esa versión sobre el naufragio marinero.

El dueño de O Quita Penas, que, al parecer, luego de una estadía prolongada en Berna, se había instalado en París, decía una de esas frases a las que nadie le prestaba demasiada atención porque, de cualquier modo, resultaban inentendibles: *devenir immortel et puis mourir*.

En Camariñas, el americano buscaba vestigios vikingos.

El que habló de los vikingos se pasó la mano por la boca, sacándose la espuma de la cerveza. Vivía en Camariñas, sabía de lo que hablaba. Al americano no le importaban ni las palilleiras ni tampoco los dibujitos de un malhumorado alemán.

¿Entonces?

Buscó a otro hombre.

También extranjero.

O eso decían.

Al viejo Klaus.

Ni siquiera entre los filólogos se llegó a un consenso. Si unos vinculaban la morriña con la soledad, otros, en cambio, se inclinaban por el vínculo con la salud. También hubo quien encontró en la suavidad lo definitivo de esa singular nostalgia que, decían, impulsaba al regreso. Jugando con las palabras, Klaus llegaba de Suavidad a Su Hábitat, agregando, sin que viniera a cuento y sin que nadie se lo pidiera, otra posible raíz al sentimiento que primaba en el lugar: la cuestión del arraigo, del sitio en el que se ha nacido y, sobre todo, el sitio en el que uno será obligado a darse de bruces con la parca.

¿De qué manera afectaban esos vericuetos filológicos a un hombre como Klaus?

O, para ser más preciso, ¿de qué manera lo habían afectado, ya que, a sus años, sería algo bastante improbable considerar la posibilidad de abandonar el país?

La pérdida de esperanzas, el cinismo de quien juzga toda ilusión como un error de juicio o un exceso de entusiasmo, es considerada por algunos como el mayor signo de madurez.

En cualquier caso, de la mezcla de esas ideas surgía el sentimiento tan característico de los oriundos de la región, o lo que algunos, en otras décadas, llamaban el país.

A Klaus ya no le sorprendía encontrar en cocinas

o en salones, sobre todo en las casas construidas en los imprecisos años de la transición y gracias al dinero acumulado en Suiza o Alemania, un retrato del asesino.

Otro motivo de una sorpresa o indignación caída en el olvido aparecía cuando veía a los viejos usando bigotitos al estilo del caudillo muerto.

Los más optaban por el silencio, por una resignación singular, la propia de quien sabe bien que tiene razón y que carga a sus espaldas siglos de batallas perdida. Ese tipo de cargas se convierte en un linaje que se parecía bastante al destino, y a ese tipo de destinos los carga el diablo: el destino de los enviados a la primera línea de la batalla y sin disponer de arma alguna.

Klaus, a todas luces, ya desde ese nombre que, en rigor de verdad, era una suerte de apodo o deformación del perdido y olvidado por todos, nombre originario, verdadero y legal, el que aparecía en los documentos, había llegado desde otros lares, lejanos, seguramente, si bien nunca precisaba de qué sitio había partido.

Le quedaba, incólume, indiferente a los tiempos inmemoriales pasados en el país, un acento abiertamente extranjero, de una extranjería diferente, a su vez, a la propia del americano.

Se lo asumía como alemán, por más que tal vez

fuera austríaco, como María Sherbitz.

¿Conocía la historia de María Sherbitz?

El silencio se imponía entre las costumbres del país. Se debía no sólo a la desconfianza de las palabras, propia de quien sabe que no se tratará nunca del terreno en donde mejor se desempeñará, sino también a la sospecha surgida por no estar del todo seguro de quién se tenía enfrente.

Por supuesto, conocía bien la historia de María Sherbitz.

Tampoco el viejo Klaus deseaba decir algo más. Con su gorra, con una barba blanca y abundante, algo desprolijo, con unos pantalones anchos y camisas de unos colores raramente usados por los oriundos, desde hacía un tiempo que se había retirado de los lugares públicos. Ya no se lo encontraba por los bares y restaurantes, ni en las ferias ni en las fiestas del pueblo, tampoco salía a caminar por el paseo marítimo y esquivaba, cuando por causalidad alguien lo veía, entablar una charla con alguien.

A lo sumo, alzaba las cejas, se llevaba una mano a la boina y la levantaba en señal de respeto o saludo; o quizás fuera la advertencia de quien no se detendrá ya para charlar de bueyes perdidos.

Iba abrigado, incluso en los días más veraniegos, y siempre estaba molesto por un resfrío que jamás remitía. En sus primeros años en Camariñas, cuando todavía salía a la calle, cuando debía trabajar para ganarse la vida, el viejo Klaus consultaba con el antiguo boticario, un hombre que conocía, o pretendía conocer los secretos curativos de todas las plantas y las hierbas regionales. Se paseaban, los dos, llegado el atardecer, y si el boticario le enseñaba a distinguir los árboles y las plantas, por su parte, el viejo Klaus hablaba de pájaros y estrellas.

Desde que el antiguo boticario ya no atendió más a nadie —en su momento, se había dicho que, con una jubilación forzada por la progresiva pérdida de la memoria, la mujer se lo llevó a pasar los últimos años a Mondoñedo, el sitio que lo vio nacer—, la reclusión del viejo Klaus se acentuó. Vendió el auto que había comprado para trabajar, se jubiló, no se le conoció pareja.

A nadie pareció sorprenderle del todo, sobre todo porque veía al barco encallado en el medio de los pastizales y, al lado, en un terreno vacío, lentamente, el viejo Klaus construía su casa con el dinero obtenido a lo largo de la vida gracias a las ventas de madera de pino.

Cuando la casa se convirtió en mansión, difiriendo ostensiblemente del tipo de casas que construían los oriundos, los vecinos se olvidaron del viejo Klaus.

El viejo Klaus, a diferencia de Man, había sido olvidado por los vecinos porque ya lo juzgaban como uno más del país: cuando asistían a sus temores hipocondríacos ya supieron que el viejo Klaus estaba de verdad arraigado y podían entonces confiar en él. La confianza, por supuesto, implica también el olvido, el relajo, cierta resignación.

Además, Man se instaló en Camelles, y el viejo Klaus en Camariñas: la distancia de menos de diez kilómetros bastaba para ser considerados por los vecinos como mundos independientes.

Una casa frente al mar, cerca de un abandonado sendero que tenía como punto de partida el puerto de Camariñas. En esa playa, que alguna vez se pretendió convertirla en lugar turístico, intento del que sólo quedaba, como un mal recuerdo o el vestigio de un proyecto vergonzoso y, por lo tanto, imborrable, una ducha desprovista de agua, en ocasiones se podía observar al viejo Klaus.

Abandonando la arena, subiendo entre los pastizales hacia el bosque, antes de llegar al camino de los autos, en donde varios se instalaban por las noches para inyectarse heroína, estaba la casa. A pocos metros, el barco entre los pastizales: la referencia definitiva para saber en dónde uno podía dar con Klaus.

Los más viejos solían decir que en ese barco había llegado al país. Luego de pasar por varios puertos, siempre en búsqueda de materiales para repararlo, solicitando ayuda de los marinos más avezados, encalló cerca de Camariñas y se instaló temporalmente. Klaus no consiguió los materiales para reparar el barco o perdió las ganas de salir de nuevo al mar o dio con una manera de ganarse la vida en tierra firme.

Nadie lo vio navegando.

Decían que solía suceder: después de años como pescador, cuando se pasaba una temporada en tierra firme, el regreso a los mares resultaba imposible, el cuerpo, desadaptado, enfermaba, los mareos se volvían insoportables, los vómitos imparables.

Varias teorías explicaban de qué manera había conseguido atracar el barco entre los pastizales, en su terreno. Ninguna, sin embargo, resultaba del todo verosímil. Lo cierto es que ahí estaba, y punto. Aunque dos o tres mujeres, mientras palillaban, se quejaban de que ese armatoste estuviera en ese rincón perdido de la playa, porque no resultaba un lugar adecuado para abandonar la chatarra.

Quienes insistían con la importancia de los

antiguos mitos, enseguida abrevaban en la historia de Noé y su arca; se referían a montes gallegos y a los restos del naufragio bíblico.

Vitolo Lamas entraba en el bar O Quita Penas, en una bahía situada a más de veinte kilómetros de Camariñas, en la misma en la que, tiempo años, había llegado el americano, ese hombre que seguía paseándose por la zona y suscitando ciertas reticencias. Si bien no lo decía nunca, sabiendo de la ausencia de interlocutores, sintiéndose por unos momentos solo o, peor todavía, abandonado, Vitolo Lamas pensaba en la necesidad de que alguien escribiera algo así como La Ilíada gallega. Sería quizás la única manera de entusiasmar a los lectores y convertirlos en arqueólogos, a la búsqueda de los vestigios que llevasen la historia del libro al territorio. Que de una buena vez se decidiera exactamente qué historias míticas habían ocurrido en la región, qué pueblos la habían frecuentado: ¿celtas?, ¿vikingos?, ¿apóstoles?, ¿eremitas?, ¿holandeses errantes? Hacer un mapa que, al trazarlo, más que representar un mundo, lo construyera.

Si Vitolo Lamas no confesaba sus ideas, seguramente las únicas lúcidas, se debía, entre otras cosas, a la certeza de que los libelos que publicaba sobre la región poco y nada tenían que ver con ese ansiado y, según él, necesario proyecto. Con esos libelos lograba sobrevivir y entonces se veía obligado a velar por que las historias del lugar no difiriesen demasiado con las que él ya había contado, las únicas que sabía contar.

La realidad, si es que tal cosa existía, resultaba muy diferente, y no por eso menos enigmática, o inverosímil.

Le hizo una seña y le pidió una cerveza, y Celia Vidal supo enseguida que Vitolo estaba en uno de esos días melancólicos: nada le había dicho ni tampoco, distraídamente, le había rozado con su mano el culo.

¿Morriña? ¿Sería posible que también la sufrieran los sedentarios?

Celia Vidal sabía que sí: también ella estaba cada vez más nostálgica, si bien no sabía bien por qué motivo se encontraba así.

Vitolo no pensaba en la nostalgia, sino en el fracaso.

Ser el vocero, por así decir, de una región, y pintarla a través de las carencias del escriba y no tanto de las excelencias, si es que las tuviera, del lugar. No se trató nunca del impulso por lo perdido, de la imperiosa necesidad de volver al lugar originario, en donde uno se ha forjado un destino; se trataba, más bien, de la desesperanza de quien sabía, más allá de cualquier eventualidad, que se encontraría para siempre encerrado en determinado territorio.

A pesar de las distancias, algo vinculaba a Vitolo Lamas y al viejo Klaus.

También algo lo vinculaba con el americano, incluso con el finado Man.

O, para ser más preciso, el escritor gallego quedaba desprotegido cuando se enteraba de la presencia de extranjeros por la región; esos hombres actuaban de manera rara y cuestionaban, por voluntad o por torpeza, ciertos caprichos, taras y costumbres que algunos se empecinaban en considerarlos parte de la tradición.

Que esa tarde de domingo, obviando, por supuesto, los dilemas del escritor regional, el viejo Klaus, luego de un periodo de encierro incalculable, cruzara la puerta del bar O Quita Penas y, con aire distendido, se acomodara en una de las mesas, la que estaba en el centro del salón, no pudo pasar desapercibido para nadie.

Por más que O Quita Penas no estuviera en Camariñas, todos sabían quién era el viejo Klaus.

Una cerveza, pidió.

O mejor dos: porque le gustaba beberla fría, pero también disfrutaba, por razones que nadie jamás comprendió, beberla ya algo tibia, arrojándole los maníes al líquido, salando así la pócima, lo necesario para soltar la lengua.

Una lengua suelta y extranjera frente a un auditorio expectante, disimulando su curiosidad con otras charlas, vueltas insustanciales por la presencia de ese hombre fantasma.

Por uno momento, nadie recordó los supuestos peligros que entrañaba la presencia del americano.

El viejo Klaus estaba, por primera vez, en O Quita Penas; y Celia Vidal aprovechó los segundos en los que tiraba la cerveza del barril para observar a través de los grandes ventanales hacia el puerto, buscando, entre todos los barquitos, si alguno de esos pertenecería al viejo Klaus.

No estaba el barco del viejo Klaus.

Tampoco, entre los coches de la calle había alguno que pudiera haberlo traído desde Camariñas hasta la bahía.

Los senderos, susurró el viejo Klaus.

Uno de los ludópatas, el que perdía los nervios con mayor facilidad, se lo preguntó a bocajarro, desde la máquina tragaperras: ¿por dónde había llegado?

Imposible apartarse de la máquina, dijo el ludópata, que no prestó atención a la respuesta del viejo Klaus. Estaba a punto: en breve saldría el premio gordo. La mafia japonesa, al acecho en los bares gallegos, solía desembarcar y poner monedas hasta que explotara el chirimbolo ese. ¿Ante quién habría que denunciarlos? Los de afuera venían a expropiar las riquezas de la zona.

El alcalde, que desayunaba en O Quita Penas, continuó con la lectura del periódico, sabiendo que esa clase de hombres nunca se presentaba a votar.

¿Cómo hacían algunos para desplazarse sin estar pendientes de algo?

El dueño de O Quita Penas quiso decir algo sobre la libertad como un peligroso señuelo.

No dijo nada.

Rompió el silencio, una tímida voz con marcado acento extranjero.

Los senderos, dijo, no llevaban a otros lugares, sólo los unían.

Y ya nadie dijo más nada.

Tampoco esa vez el ludópata ganó el premio mayor.

Por piedad, Celia Vidal lo invitó a una cerveza.

Quizás fuera otro domingo cualquiera.

Durante siglos, quien se enfrentaba al mar abierto gallego lo hacía con la certeza de que no había otras orillas; en esa mirada no existía, por lo tanto, si uno se dirigía hacia el oeste, un sitio apto para el desembarco, un lugar plausible de ser considerado como un punto de llegada. Por el contrario, se imaginaba el agua desbordando sin límites en los confines de la tierra; los caminos posibles, entonces, no eran tantos: el regreso a la tierra, el trayecto hasta costas más cercanas, el mundo conocido.

Así las cosas, la desconfianza que despertaba entre los vecinos cuando llegaba alguien desde otras tierras, y siempre por razones incomprensibles o demasiado inverosímiles, seguramente sería un resabio de ese imaginario tan arraigado sobre la ausencia de la otra orilla. Tampoco resultaba de gran ayuda que los pueblos que, al parecer, frecuentaran la región no se hubieran asentado lo suficiente, abriendo así una multiplicidad de raíces, todas siempre en discusión. Más que un mosaico de culturas, la región se erigía como la hija bastarda de padres que se negaban a reconocerla.

Esa tarde en O Quita Penas, el viejo Klaus bebió cerveza, balbuceó unas palabras a las que, a pesar de los mal disimulados esfuerzos de los contertulios, y quizás porque no estuvieran dirigidas a nadie en particular, fue imposible descifrar y, cuando ya caía la tarde, de golpe, se levantó de la mesa y abandonó el bar.

A pie, hacia el faro, hacia la bahía Insúa y la playa de los Cristales. Luego, por los senderos, hasta que se borrasen las huellas. Y sus huellas se borraron. ¿Quién habrá sido el último testigo? Todo último testigo de un episodio se convierte, por definición, en el primero de los sospechosos de un posible crimen.

El viejo Klaus se esfumó de manera progresiva. Entre los que acreditaron haberlo visto luego de su pasaje por O Quita Pena, ninguno aseguró haberlo visto subirse a un coche, a un barco, a un caballo. Recorriendo los senderos, así lo vieron.

Días más tarde, llegaron los rumores desde Camariñas y Camelles. No pocos señalaban cierto deterioro en el barco encallado al lado de la casa. Se dijo que no hubo cambio alguno, puesto que esa embarcación, desde la llegada del viejo Klaus, estaba abandonada. Con el correr de los días, se insistió en observar el casi imperceptible descuido en la casa: las persianas cerradas, las plantas excediéndose por las paredes, el césped sin cortar, el buzón del que sobresalían sobres y publicidades.

Que no se lo viera en el pueblo no resultaba prueba de nada, puesto que el viejo Klaus llevaba ya cierto tiempo sin apenas abandonar la casa, procurándose comida de una pequeña huerta cultivada en el jardín.

También se decía que, ciertas noches, algunos pescadores, cuando la oscuridad los protegía de su accionar delictivo, amarraban en la orilla siempre deshabitada y se dirigían a la casa del viejo Klaus para venderle pescados y mariscos. Decían que el viejo Klaus los hacía pasar y los invitaba a beber whisky. Que así, respetando ese ritual, se procuraba los frutos del mar. Sólo unos pocos habitantes de la región tenían el privilegio de conseguir ese tipo de mercadería; lo hacían por fuera de las vedas, de los permisos y de las reglas tan estrictas que, desde hacía ya unos años, les imponían a los pescadores de la zona.

Un regreso al pasado.

O una manera de conservar una tradición.

Otro viejo más que desaparece, dijo alguien en O Quita Penas; y todos supieron a lo que se refería.

Vitolo Lamas, de buen humor, pidió otra cerveza.

El alcalde, impertérrito, seguía leyendo el periódico. Soñaba con hacer carrera política por fuera del municipio, si bien dar el salto ya le sería imposible. O quizás justamente porque fuera imposible ese deseo insistía cada vez más en imaginarlo. Deseaba presentarse en las elecciones y perderlas; cuando llegaban las fechas en las que se hacían las listas y se preparaban los discursos, la simple idea de que fuera otro el que dirigiera o fingiera dirigir el destino de los vecinos, lo ponía de mal humor. Era evidente que el sucesor desmontaría, poco a poco, lo que, para bien o para mal, él había realizado en todos esos años, y la mera idea de asistir, como un vecino cualquiera, al desmantelamiento de su legado político lo angustiaba, lo hacía enfrentarse a lo efímero y absurdo de su propia vida. Más allá de los calificativos que podrían dársele a su trabajo, su obra política y su vida íntima se confundían hasta ser lo mismo, una vana nadería.

¿Y si también él, al igual que el viejo Klaus, se daba a la fuga, desaparecía de un día para el otro? Ese tipo de ideas, ciertas mañanas de domingo, se le cruzaban por la cabeza. El alcalde creía que sólo con su ausencia los vecinos valorarían por fin el trabajo que hacía por ellos desde hacía décadas.

¿Le rendirían homenaje con algún monumento?

Sonrió.

La sonrisa dio paso a una mueca extraña.

En el periódico leía unas notas sobre el vandalismo cometido contra ciertas esculturas de los conquistadores: ocurría en América, pero también en ciudades como Barcelona o Madrid.

Mejor no: no le gustó imaginarse esculpido para la eternidad porque en algún momento de la eternidad llegaría la deshonra, la calumnia, la injuria.

La eternidad da el tiempo suficiente para que todo ocurra.

El alcalde levantó la vista del periódico y pidió otro café y otro cruasán.

Si trataba de soñar o de imaginar otros destinos, a todas luces, si bien era absolutamente improbable, resultaba más estimulante proyectarse en una carrera política por fuera del municipio, dando el salto a las grandes ciudades, pasar, primero, a la escala autonómica para, más tarde, como punto de consagración, dar el espaldarazo y situarse en el plano nacional.

¿Acaso no hubo paisanos que habían alcanzado el cargo más alto de la política nacional?

No sólo pensaba en el caudillo.

Lo quisiera o no, el caudillo, si no se erigía como guía, lo hacía como fantasma o amenaza de todo político oriundo del lugar.

Entristecido, volvió a pensar en el viejo Klaus, mientras sorbía el segundo café con leche de la mañana.

¿Qué habría sido de Klaus?

Un viejo menos, pensó Celia Vidal, sin atreverse a explicar su visión de los hechos al resto de los clientes. Si callaba se debía al entusiasmo de los últimos días –también a que, entre los clientes de O Quita Penas, a nadie le interesarían las opiniones de una camarera–. Bastó con un mensaje de Liz Fateira para que Celia Vidal viera de pronto la posibilidad de forjar un destino diferente al que se había resignado a asumir como propio.

La portuguesa le confiaba lo que no podía confiarle a nadie: Senta regresaría al pueblo y sería el último regreso. Se despediría de Chucho, quien pasaría a ser, a la vista del resto, el novio abandonado; Senta guardaría algunas prendas en la valija, viajaría a Coruña y se tomaría un micro o un tren a Madrid.

En Madrid empezaría una nueva vida.

A Chucho ni siquiera le guardaría rencor.

Celia Vidal entendió lo que ocultaba el mensaje: Liz Fateira también tenía pensado abandonar el pueblo. ¿Acaso Celia Vidal no llevaba años concibiendo las posibles maneras de mudarse? Los proyectos de fuga siempre los había pergeñado en función de los hombres que se había cruzado en la vida, como si fuera necesario un plan conjunto para irse. La historia de Senta le hacía entender que la ausencia de un hombre, o el impulso por abandonar a uno, también podían ser un motivo o una excusa válida para instalarse en otro sitio.

Ser alguien diferente o ser el mismo de siempre, pero en otro lado.

Ya se iría, no vería más a esos clientes, y ellos reventarían hinchados de cerveza en el mismo bar de siempre, sin percibir siquiera la infelicidad en la que estaban sumidos.

La venganza no sólo podía ser motivo de felicidad, sino también de cierta calma.

Cuando Celia Vidal volvía a la casa, encendía la tele y las sensaciones de la tarde de golpe se disipaban, dejándole lugar a un sentimiento inefable. Algo incómoda, para quitarse el fastidio de encima, salía al balcón con un cigarrillo y miraba hacia la playa vacía. En la otra mano, sostenía un vaso de vino tinto, al que disfrutaba en breves sorbos. Desde el living, las voces de la tele. Así se quedaba un rato largo, a la espera de olvidarse de los asuntos cotidianos, y ese olvido pocas veces se cumplía.

Abandonaba el balcón cuando empezaba a soplar un viento frío o cuando la llovizna la salpicaba. O cuando un vecino se asomaba a la ventana o salía al balcón, y entonces ella, sabiendo que ya no estaba sola, no le encontraba el sentido a seguir en ese rincón.

El vaso vacío y, en la pantalla, otras voces, las mismas peleas y discusiones absurdas y sin importancia, a las que, de todos modos, lo quisiera o no, seguía día tras día en O Quita Penas o ya en la casa.

Esa sensación rara, indefinible.

El alcohol.

Los cigarrillos.

El mundo también se evaporaba y el pueblo seguía allí, imperturbable.

El fantasma de un hombre sobrevolaba la bahía y, si bien se lo nombraba cada vez menos, cualquier cosa que sucediera en la zona parecía estar relacionada con la presencia del americano.

Cierto espíritu cabulero, muy arraigado entre los vecinos, imponía la certeza de que bastaba con invocar algunos nombres para que se produjeran determinados episodios; en esas circunstancias, el silencio, o la ambigüedad al momento de expresarse, no eran más que ilusas y torpes maneras de protegerse frente a posibles desgracias.

Las últimas noticias pretendían aportar tranquilidad. Ningún vecino habría aceptado sentirse inquieto. A pesar de que no se había resuelto la incógnita sobre el refugio nocturno del americano, durante varias semanas fueron varios los que aseguraban haberlo visto en los senderos, siguiendo una misma dirección, rumbo a Coruña.

Uno tras otro, día tras día, llegaba algún rumor desde el pueblo que el americano atravesaba. Un relato cualquiera podía suplir al resto, ya que todos decían que el americano caminaba no demasiado rápido, pero a paso firme, que se detenía las veces que hiciera falta cuando consideraba oportuno sacar fotos –solía ser controvertido o, al menos, no demasiado evidente determinar qué buscaba exactamente en los encuadres de las fotos que sacaba–, que llegada la tarde se movía entre las rocas cercanas al mar, arriesgándose a patinar y caerse, hasta sentarse en una piedra; así, de frente al mar, comía algo, por lo general, un sándwich, un trozo de queso, algunas fetas de jamón serrano.

Quienes se le acercaban, fingiendo no saber con quién estaban hablando, porque, de todos modos, la condición de extranjero lo convertía en un perfecto desconocido a los ojos de los vecinos, le solían preguntar hacia dónde se dirigía y en cada ocasión, sin dudarlo, el americano contaba que se dirigía al puerto coruñés para, desde allí, subirse a un barco que lo llevaría a su destino.

Entre tantos destinos posibles, ¿a cuál podía referirse?

El extranjero volvía a las imprecisiones, a las frases evasivas, a los aforismos incomprensibles.

Ni siquiera el dueño de O Quita Penas profería frases tan enrevesadas y de difícil comprensión. A él poco le importaba el americano, se preocupaba por Celia Vidal: si ella abandonaba el pueblo, debía conseguir otra camarera, y en esas elecciones se jugaba el futuro del negocio.

La suerte de un bar se cifraba en el culo de la mujer que atendía a los clientes.

Gustaran o no, a todas luces resultaba más prudente y efectivo saber y aceptar los secretos del oficio.

Fue una noche, tiempo atrás de que se supiera que el americano se dirigía por los senderos hacia la ciudad.

Desde el balcón, ella miraba la playa, oía las veces, y entonces lo vio: de pie, inmóvil, el extranjero estaba en la esquina de la calle.

Miraba hacia el lugar exacto en el que Celia Vidal se encontraba.

Ella se apuró a dejar el vaso en la cocina y a bajar.

Cuando llegó a la esquina, no vio a nadie.

Supo, de todos modos, que había llegado el momento, o quizás fuera la posibilidad, de abandonar el pueblo.

Regresó a la casa, caminando despacio, sin importarle la llovizna, y con una sonrisa dibujada en la cara.

Si se tomaba como punto de referencia el pueblo del que había salido, sería correcto decir que, a medida en que avanzaba y se alejaba, los senderos marítimos se encontraban cada vez peor mantenidos. Como si a nadie pudiera resultarle siquiera imaginable emprender semejante trayecto; o como si sólo fuera necesario preocuparse por los caminos por los que, durante los meses del verano, pasaban los turistas.

Más allá de Camariñas, en varios tramos, el americano debía caminar al costado de la ruta, teniendo cuidado con los coches que, de tanto en tanto, pasaban a una velocidad casi suicida. Quizás no se hubiera informado bien y, en lugar de hacer un recorrido más directo hasta la ciudad, emprendía el camino más largo, bordeando el mar. O tal vez, nadie podía saberlo, por alguna razón incomprensible, como habían sido incomprensibles una y cada una de sus acciones, más que interesarse por llegar a la ciudad, su deseo consistía en moverse al lado del mar, como punto de referencia y faro.

¿Acaso el viejo Klaus no había dicho algo sobre los senderos y los lugares?

El dueño de O Quita Penas, cuando lo recordaba, sonreía amargamente, pero no decía nada, ocupado en buscar alguien que reemplazara a Celia Vidal.

Algunos turistas hacían la ruta de los faros, pero

tampoco se trataba de esa ruta exacta la que cruzaba el americano.

Desde puerto Insúa fue hasta la playa de los Cristales; optó por las fotos, en lugar de llevarse unas piedras. Algunos dicen que escribió su nombre en algún lado, otro aseguró haberlo visto escribir fechas viejas, de siete o catorce años atrás.

Habladurías.

¿Qué signos darían cuenta de nuestro paso por el mundo?

Las fotos, en ocasiones, también podrían funcionar como testimonio.

El calvo y regordete se sorprendió esa mañana al no verlo entrar a la exposición. La intriga y la inquietud lo empujaron a salir del museo a fumar un cigarrillo; cerró las puertas, puso un cartel en el que prometía volver en un rato y paseó al perro. Se cruzó a los vecinos de siempre, a los camareros de los bares y restaurantes de la plaza, quiso hablarse, no se atrevió a pronunciar palabra.

Quizás también a él le había llegado el momento de partir.

En un principio, antes de inaugurar la travesía por los senderos, el americano subió hasta la capilla de Santa Rosa, en donde todavía quedaban algunas flores de la fiesta, cuando a finales del verano se honraba la memoria de los náufragos.

Sacó varias fotos en esa tarde de sol.

Miraba la playa, desde lejos, sin notar, o sin hacer notar que se daba cuenta de que los otros lo observaban, esperaban de él una palabra, una explicación de las razones de sus actos, de sus movimientos y, sobre todo, de los silencios.

Se puso de pie y esperó una señal imperceptible para el resto, y entonces volvió al camino siguiendo las indicaciones. Hasta que cruzó la fuente de agua que abastecía al pueblo y prefirió, entre los caminos posibles, el más retorcido, el menos razonable. Fue por los bosques, embarrándose, porque en esa época del año casi todos los días llovía al menos un rato. Los caminos no estaban marcados. Apareció en una de esas rutas por las que no pasaba nadie y, desde esa ruta, bajó hasta la playa entre los matorrales, la basura y las jeringuillas de los que aprovechaban ese rincón solitario para inyectarse.

Llegó a Soesto y buscó el sendero marítimo hasta la playa de Traba. Merodeó la laguna. Sobrevolaban las gaviotas. No había nadie, salvo una o dos personas que testificarían luego, cuando acudirían al bar, sobre los pasos dados por el americano.

Más tarde, vio un puñado de hombres que buscaban algas.

El dueño de O Quita Penas solía decir que el sentido de ciertos rituales se sostiene en el pacto de silencio, en que nadie hiciera preguntas y fingiera no estar al tanto de lo que todos sabían.

Una vieja subía por las rocas, iba en dirección a otro pueblo a vender los huevos de sus gallinas. Conocía el recorrido de memoria así que, si bien los carteles indicativos eran escasos, a ella le molestaban por innecesarios; como si le estuvieran dirigidos y la acusaran de ser una desmemoriada, capaz de perderse por esos caminos que conocía desde la infancia.

Cuando vivía el hijo, la gente iba y venía, las cosas se usaban porque estaban a disposición, nadie se preguntaba de dónde venían esas piedras que, tiempo más tarde, algunos llamaban dólmenes.

Eso fue hace, como mínimo, treinta y cinco años atrás, o tal vez cuarenta y dos, porque desde hacía un tiempo, la vieja, si bien seguía contando los años que se abrieron como una herida luego de la muerte del hijo, ya no sabía en qué tiempo vivía. Esa manera de estar en el mundo la llevaba al mutismo, a desconfiar de las palabras, porque sólo para eso servía abrir la boca: darles a los otros la excusa para luego ser manipulado.

Nada de eso dijo la vieja, que pasó cerca del americano, y que tampoco dijo nada cuando, horas más tarde, la farmacéutica le preguntó si ella había conseguido saber algo del extranjero.

El hijo de la vieja había muerto en las fiestas del pueblo, cuando, un poco borracho, resbaló y cayó por los acantilados al mar.

El cadáver tardó varios meses en alcanzar la playa, y desde ese día, la vieja odiaba la arena. Curioso, por el contrario, no odiaba esos caminos, ni tampoco las piedras, pero la playa, observar el cuerpo de su hijo muerto y que las gaviotas lo sobrevolaran había terminado con las esperanzas de una supervivencia.

Habían sido tantos los que sobrevivieron... Muchos, también, los que, de hecho, como ella misma, habían viajado a la ciudad y, desde el puerto, subieron a un barco con un destino incierto, cifrado en un nombre impreso en el billete.

La vieja estuvo en Buenos Aires, cuando todavía no había tenido hijos, cuando no vendía huevos porque ni siquiera tenía gallinas.

Viajó soltera y volvió embarazada.

Del hijo muerto ya casi nadie hablaba, si bien ella, con puntualidad, subía los domingos al cementerio para dejarle un puñado de flores. Conservaba una foto en una repisa del pasillo de la casa, al lado de las fotos de los otros hijos, los sobrevivientes.

Nunca se casó.

Sabía lo que significaba desandar caminos hasta la ciudad y esperar, en el puerto, la partida de un barco. No necesitaba detenerse a charlar con el extranjero, ese hombre que, si bien se miraba, tenía un destino muy parecido al de ella, o quizás fuera un destino parecido al de todos, convirtiéndolo entonces en un hombre cualquiera.

¿Quién desearía hablar con alguien así?

Quizás Celia Vidal.

O Liz Fateira.

Las dos pensaban en el americano mientras que, por las noches, cuando estaban solas en sus casas, luego de la cena y ya aburridas de la televisión, trataban de recapitular lo que había hecho Senta desde su regreso al pueblo. Ese regreso que se había presentado como el punto de partida de otra vida: volvía para hacer la valija, despedirse de Chucho y subirse a un micro que la llevaría hasta Madrid.

¿Alguien la esperaba en Madrid?

Chucho, así se decía, perdía los papeles. Por los celos y la incomprensión: ¿qué podía haber perdido Senta en Madrid? ¿Qué la hacía deseara abandonar el pueblo para instalarse en ese agujero?

Alguien la manipulaba.

Así pensaban los hombres sin demasiadas ideas, impulsados por la impotencia. Aunque, en un principio, pudiera resultar vano, precisamente por esa falta de audacia y de inteligencia, muchas veces, conseguían que ellas se quedaran al lado de ellos, un poco por lástima, un poco porque algunas mujeres confundían el amor con la resignación y el destino.

Ellas no podían ser tan idiotas.

Sin embargo, cuando Celia veía a Liz encontraba cierta estupidez, la misma que seguramente encontraba la portuguesa cuando charlaba con la camarera de O Quita Penas.

Indispensable abandonar la zona.

Entre cajas de mudanzas, Celia Vidal buscó una copa y se sirvió una medida generosa de vino tinto.

Salió al balcón y observó, en el primer piso del otro edificio, un cartel que la sorprendía y no la sorprendía.

Se alquilaba el piso en donde la portuguesa tenía la peluquería.

Sentada en el sillón que usaban los clientes, a oscuras, Liz Fateira apenas si conseguía verse en el espejo.

El sillón y el espejo, los dos últimos elementos del negocio; las dos cosas que no había conseguido vender.

Dos mujeres a la espera de abandonar el mismo lugar, pensando en el mismo hombre y en las dificultades que supone todo viaje.

Hubo otras capillas muy parecidas a la de Santa Rosa, y en todas, el americano se desvió del camino principal y se quedó un rato largo, tratando de abrir la puerta, que siempre estaba cerrada, conformándose con sacar fotos de las pocas flores que habían sobrevivido a la última fiesta en la que, indefectiblemente, se les rendía homenajes a los marineros. Quien observara los vestigios de esas ceremonias, en los que también podían encontrarse colillas de cigarrillos, preservativos usados y restos de comida, dudaría sobre la importancia que tenía el mar para los vecinos. Parecía una suerte de dios omnipresente cuyos designios imponían un interminable y riguroso trabajo de interpretación por parte de los feligreses. Daba la impresión de que, frente a la tiranía del agua, como único gesto defensivo, los peregrinos erigían altares y organizaban ceremonias para lamentarse de las desgracias. En un caso, las ceremonias formaban parte de un diálogo con el más allá; en el otro, se convertía en una serie de agravios y amenazas veladas.

¿Algo así habrá sentido el americano?

¿Acaso él tendría la capacidad de establecer las diferencias entre todas esas vírgenes consagradas al mar, esas capillas situadas en lo más alto de los montes, sitio privilegiado para vigilar las entradas y salidas a las bahías?

Nadie entraba ni nadie parecía salir de la zona. Como si llegaran al borde, a una suerte de frontera imaginaria, y entonces las embarcaciones desaparecieran, volvieran a la costa o, directamente, naufragaran.

Sólo quien detecta las diferencias en el imperio de lo mismo puede ser considerado un verdadero vernáculo.

Cuando se había terminado el tiempo de las fotos, el extranjero se sentaba en el banquito que había al lado de la puerta, siempre afuera, y, de frente al mar, se quedaba un rato largo con la mirada perdida, como si esperase algo.

O tal vez esperase que alguien llegara.

Más de una vez, a unos escasos metros, tres o cuatro chicos, tirados en el piso, sobre unas mantas, comían algo antes de ponerse a descansar de las noches insomnes.

Absorto en sus ideas, el extranjero no parecía darles importancia.

Hasta que, sin que viniera a cuento, se ponía de pie y volvía al camino, a paso vivo, como si estuviera apurado y debiera recuperar el tiempo perdido de las meditaciones. O como si, gracias a las meditaciones, de golpe, supiera exactamente adónde debía dirigirse.

En O Quita Penas, un cliente anodino, del que nadie recordaría nunca el nombre, por más que, tarde de por medio, vestido con el mono que usaba para manejar el camión, entrara al bar y se tomara un par de cervezas, habló de las nuevas maneras que cobraban las peregrinaciones. Esas ceremonias vernáculas realizadas por los extranjeros y que, en los últimos tiempos, variaban en sus reivindicaciones pasadas.

El dueño de O Quita Penas solía decir que, puesto que el futuro es inexistente y el presente inasible, lo único plausible de ser modificado es el pasado.

El que se dignó a darle charla al cliente fue el ludópata; desde la máquina tragaperras, con una cerveza en la mano y en el puño de la otra unas monedas, gritó algo así como que resultaba bastante improbable vincular al americano con las peregrinaciones.

Un fantasma, dijo Senta.

Entonces se hizo un silencio incómodo y denso. Ni siquiera el volumen del televisor consiguió tapar o disimular la incomodidad de los habitués.

Los presentes enseguida notaron lo mucho que había cambiado Senta: utilizaba ese tipo de expresiones de la capital, abandonando el gallego y abrazando el castellano, como si fuera un signo de superioridad.

Los hombres y mujeres que, cuando ella no estaba, la calificaban de puta, se llamaron a silencio.

Senta había dicho que el americano era un fantasma y pidió un café con leche, buscó el periódico y, en una mesa alejada, se puso a leer de manera desafiante.

No dijo, como quizás habría sido el caso si no hubiera abandonado la región, que se trataba de un jeta: lo llamó fantasma.

El ludópata salió del bar a las puteadas, otra vez había perdido todas las monedas.

El cliente anodino pagó las cervezas y preguntó si ya había un reemplazo para Celia Vidal.

De parte del dueño, un gesto imposible de interpretar.

Demasiados silencios para una misma tarde.

Otro de los sitios frecuentados por el americano durante esos días eran los faros y los parques eólicos. Daba vueltas, bajaba por las rocas, dejaba que el agua lo salpicara. Algunos, al describirlo, decían ver a un hombre despreocupado; otros preferían suponerle el peso de una espera.

En ciertas épocas, por las playas cruzan lanchas a toda velocidad, sin importarles que pueda haber alguien nadando o haciendo surf. En esas lanchas se distribuye la droga, a plena luz del día. Quien buscó relacionar al americano con el tráfico de drogas enseguida se topó con una crítica de peso: la invisibilidad del extranjero se había tornado demasiado visible, convirtiéndolo en un ser vulnerable frente a las posibles redadas que, de tanto, en tanto, fingían luchar contra el tráfico.

Cuando lo observaban por los senderos, el americano parecía estar apurado, en cambio, cuando llegaba a los faros, a las capillas o a determinados sitios abandonados, de golpe, el tiempo se detenía, el apuro quedaba en el olvido y podía perderse tres horas sin hacer otra cosa más que estar sentado, comer o beber algo, mirar las gaviotas en fila, en el mar, sobre una hilera de rocas manchadas de negro.

En las cercanías de los faros, había lugares olvidados, frecuentados sólo por los yonquis. Los que no habían conseguido fugarse a la ciudad ni tampoco una muerte propia de una estrella de rock en plena juventud. Ni siquiera habían conseguido que la seguridad social les financiara los tratamientos con metadona, como les había ocurrido a muchos yonquis en las décadas anteriores. Los vecinos de los pueblos, que los trataban de drogadictos perdidos y vagos, los mantenían dándoles unas pocas monedas a cambio de tareas imperceptibles para quien no fuera del lugar: cargaban las bolsas del supermercado de las viejas y las subían a los pisos por las escaleras, prevenían a los que dejaban el auto en doble fila si venía la grúa, limpiaban los ascensores y las escaleras de edificios antiguos, sacaban a pasear a las mascotas de los que decían no tener tiempo para esos trotes, barrían el piso de los bares cuando llegaba la hora del cierre.

Los domingos por la mañana, resacosos por lo ocurrido durante la noche, con los abrigos de cuero y los pantalones negros un poco sucios, los yonquis solían pasearse por las inmediaciones de un puerto abandonado. Las redes de pesca asomaban entre las plantas y la tierra. Un sofá desvencijado les permitía acomodarse y en la oscuridad pasar la noche del sábado, a la intemperie, sin importarles ni el frío ni las lluvias, hasta despertarse los domingos bien entrada la mañana y quedarse todavía un rato, sin ganas de regresar a las pocilgas en las que vivían.

A uno de los yonquis cruzó el extranjero cuando se puso a sacarle fotos al sitio abandonado.

Una antigua fábrica de salazones.

¿Se trataría de una antigua cárcel franquista?

¿Sabría alguno de los dos la historia de María Sherbitz?

El extranjero asintió con la cabeza, como si ya supiera que se trataba de una fábrica. O como si no le importara en absoluto, ya que sólo se dedicaba a fijar las imágenes en la memoria de la cámara.

¿Sería capaz de distinguir un lugar de otro cuando se dignase a revisar el material?

Las fotos ya no se sacaban para luego observarlas; se hacían fotos para paliar la angustia producida por la irremediable pérdida de la memoria.

Al lado del sofá en el que estaba tirado el yonqui había una botella de whisky medio vacía y un grabador para escuchar casete y radio. Del grabador salían las canciones de Billy Idol.

¿También esperaría el yonqui, al igual que, al parecer, había esperado María Sherbitz, que alguien viniera a rescatarlo?

Celia Vidal compraba el periódico en el quisco del puerto.

La portuguesa, a unos pocos metros, entraba en el supermercado, buscaba unas cerillas y un encendedor. Se acordó que ella misma, antes de tener la peluquería, había sido dependiente en ese mismo local, antes de que lo compraran los chinos, cuando funcionaba como un Todo a Cien.

La época de las pesetas, esa moneda que seguía siendo un punto de referencia cuando alguno hacía cálculo con cantidades más o menos importantes.

Celia Vidal fumaba y miraba la playa. Después entró en el auto y, antes de encenderlo, leyó los mensajes del móvil. Dejó el aparato tirado sobre el asiento del acompañante y, al levantar la vista, la portuguesa cruzaba la calle sin prestar atención a uno de esos autos amarillos que circulaban a toda velocidad por el pueblo.

El yonqui aspiraba al absoluto, y en esa búsqueda infructuosa había llegado al mundo de las drogas. Estaba en recuperación hacía demasiado tiempo, el suficiente para saber que ese proceso de cambio, más que un periodo de transición o de paso, se había convertido en su manera de estar en el mundo.

El absoluto existía, de eso no cabía duda, sin embargo, tampoco dudaba en admitir su desconocimiento del camino que se debía seguir para alcanzarlo.

Escuchaba casetes de música o las transmisiones de los partidos de fútbol por la radio. Miraba el mar. Esperaba. Creía que entablaba charlas con hombres a los que no había visto nunca, como al americano, pero, en realidad, los observaba sin abrir la boca, sin inmutarse cuando el otro bordeaba los faros, bajaba hasta el mar, entre las rocas, arriesgando la vida, hasta quedarse a contemplar el mar abierto.

Imposible, para el yonqui, distinguir entre los hombres imaginarios y los de carne y hueso; sobre todo le ocurría los domingos por la mañana, cuando entreabría los ojos y comprendía que no había muerto.

Entonces el americano regresaba al camino. Algunos dijeron haberlo visto llorar. Otros aseguraban que se trataba de la llovizna sobre la cara. O quizás fuera el sudor que suponían esas largas caminatas.

Se acercaba a la ciudad.

Al puerto.

Al momento de la partida en barco.

Su caminata, lo quisiera o no, también tenía algo de peregrinación, y quien peregrina no hace otra cosa más que buscar el absoluto y un hogar.

Lo imposible, entonces.

En uno de los pueblos, se cruzó con un grupo de gaiteros que recorrían las calles, perdiéndose en rincones deshabitados, como si no les importara que alguien los escuchara. No estaban vestidos para la ocasión y, por momentos, dejaban de tocar y se ponían a conversar.

El americano no les sacó fotos. Quizás porque entendió que estaban ensayando o porque no sabía de qué manera la música podía transmitirse a través de una imagen. Les hizo unas preguntas sobre el camino que debía tomar para llegar a Coruña. Los músicos hablaron de rutas y autopistas o, en todo caso, de fantasmagóricas paradas de buses. Sin embargo, para llegar hasta el puerto a pie, carecían de datos.

El americano les dejó unas monedas. Ni pesetas ni euros. A los músicos no les importó, se trataba de un ensayo, por la noche, les pagarían lo que les correspondería por animar la fiesta de un pueblo.

Tampoco sabían si el recital del pueblo formaba parte de las fiestas patronales o si era una de las tantas ceremonias de conjuro contra los caprichos del mar.

Contrariamente a lo que podría suponerse, la llegada no se cifró en un instante sino, más bien, abarcó un lapso temporal bastante extenso: desde el momento en que, al alzar la vista, a lo lejos, el extranjero reconoció la torre de Hércules, hasta su llegada a las inmediaciones del puerto, cuando preguntó la hora y buscó un bar.

Cruzó la plaza María Pita, caminó por el casco antiguo, se detuvo en los paneles de una de las iglesias. Leyó las advertencias del cura, los precios de las actividades que proponían, la historia del edificio.

Cerca del puerto, entró a un bar, buscó una mesa al lado de la ventana y pidió un café.

Quedaba tiempo hasta que zarpara el barco.

O, en cualquier caso, el extranjero no estaba apurado

Tampoco llevaba equipaje.

Observaba a los que venían del casco antiguo, a los que se dirigían a la calle Real, a los viejos que se juntaban en las inmediaciones de una excavación.

Dieron con vestigios romanos, dijo el camarero y apoyó el café en la mesa.

Tendrán seguro para mucho tiempo de trabajo hasta encontrar lo que buscaban, sobre todo, porque nadie sabía bien lo que estaban buscando.

Mientras que el americano rasgaba el sobrecito de azúcar, a varios kilómetros de la ciudad, en el pueblo del que él había partido, Celia Vidal se arrodillaba al lado de la portuguesa. Rezaba, como si esa vorágine de ideas que le cruzaba por la cabeza pudiera lograr que el tiempo se adaptara a las circunstancias, a las urgencias.

¿Alguien había llamado a la ambulancia?

La puerta del auto de Celia Vidal había quedado abierta.

El auto amarrillo, incrustado contra una esquina. El conductor apoyaba la cabeza ensangrentada contra el volante.

El hombre calvo y regordete se desentendía de

su perro Ter, que meaba las ruedas del coche. Petrificado, como si en la escena hubiera un mensaje a descifrar sobre su propio destino, vio cuando subieron a la portuguesa a la ambulancia y Celia Vidal decidió acompañarla.

Uno de los policías le tomaba declaración al conductor. El tipo manchaba de rojo una toalla cuando se la pasaba por la cabeza. Un corte superficial, nada grave. El auto, estropeado. Los moretones tardarían unos meses en deshincharse.

Ter ladró, como si ya estuviera harto de estar en esa esquina mirando a su amo esperar algo que, en cualquier caso, nunca llegaría. Tiró de la correa, olisqueó el líquido que se perdía en la calle, olfateó el culo de otro perro.

El gordo caminó hasta donde se encontraba el auto de la camarera y cerró la puerta. Después no supo qué hacer. Entró al museo. Recorrió el sitio con las luces apagadas, mirando esas fotos que ya conocía de memoria y que no le producían nada. El archivo del pueblo. La idea le parecía ridícula y, a la vez, lo envolvía en una tarea pegajosa, que no sabría quitarse de encima. Que marcaba su vida.

Encendió la radio. Transmitían los partidos de la tarde. Subió hasta el tercer piso y, desde uno de los ventanales, se quedó hasta la noche mirando la playa.

Como si esperase que alguien estuviera por desembarcar. El perro ladraba en la planta baja, al hombre no parecía importarle.

El pelo negro, abundante, peinado con raya al costado y hacia atrás. Algunas canas y unas ojeras que daban cuenta del cansancio, de las horas sin dormir; seguramente habría pasado la noche entre papeles y fórmulas, haciendo cálculos, garabateando dibujos indescifrables. Siempre le había resultado difícil explicar sus ideas a los demás, de hecho, llevaba años abriendo la boca cuando era rigurosamente indispensable, y esas ocasiones se volvían cada vez menos frecuentes. Vivía en hoteles, le dijo al americano, y también él esperaba a que zarpara el barco para, por fin, desaparecer.

Hacerse humo, eso buscaba el hombre.

No pidió permiso para sentarse en la mesa. Trajo el vaso de caña de orujo y lo bebió en silencio.

Más tarde, si alguien se lo hubiera preguntado, el dueño del bar coruñés habría asegurado que ninguno de los dos hombres pronunció palabra durante un buen rato.

Miraban hacia la calle, en dirección al puerto.

El dueño de un bar podría equivocarse. Al cabo de cierto tiempo, todos los clientes eran más o menos iguales, salvo los que buscaban charla. Esos, a través del parloteo, imponían sus rituales, sus obsesiones, y el dueño, entonces, debía saber de qué manera seguirles la corriente, igual que solía decirse que se debía hacer cuando uno se enfrentaba a los locos.

Llovía y, sin embargo, quizás acostumbrados al clima, o anticipándose a los días de encierro que implicaría el viaje, uno de los dos hombres propuso salir a caminar, a estirar las piernas.

Ir, por ejemplo, hasta el Riazor.

O todavía más allá.

El que habló no fue el americano, fue el otro, el hombre vestido de traje negro, de cejas gruesas y salpicadas de pelos blancos, con una boca ancha, que cuando sonreía, o cuando hacía una mueca que simulaba ser una sonrisa, parecía un payaso.

Un guasón extemporáneo, vestido con un traje impecable, con unos zapatos bien lustrados, que sería una lástima arruinar bajo la lluvia.

El americano aceptó que fuera el otro quien pagara. El dueño diría, si alguien le preguntase, que, por más que resultara extraño, estaba seguro de que no era la primera vez que veía a esos dos, no era la primera vez que les servía un café y una caña de orujo, y tampoco sería la última: algunos estaban condenados a rondar siempre por los mismos lugares.

También Celia Vidal necesitaba tomar aire. Salió del hospital, buscó un techo para cobijarse, cerca del parking, y desde ese lugar, a resguardo, a pesar de los bocinazos, del sonido de las ambulancias, encendió un cigarrillo y trató de olvidarse, aunque fuera por un rato, de Liz Fateira.

Imposible.

¿Sobreviviría la portuguesa?

También pensaba en su propia vida, en el auto que había dejado en el pueblo, cargado con todas sus cosas. Se había quedado con lo indispensable, lo que podía meterse en un maletero para viajar liviana, pasar unas noches en hoteles de ruta hasta llegar a la ciudad, buscar un piso de alquiler, un trabajo que le permitiera empezar de nuevo.

Nadie nunca empezaba de nuevo porque las desapariciones son imperfectas, quedaba, como núcleo irreductible, el misterio, dijo el dueño de O Quita Penas, y Celia Vidal se contuvo de mandarlo a la mierda.

Miró la pantalla del móvil. Hasta el dueño de O Quita Penas le había escrito. Quería saber cómo estaba Liz Fateira, también quería saber si Celia aceptaría trabajar los tres próximos fines de semana. No había conseguido a nadie y, salvo error de su parte, tampoco ella, Celia, había conseguido nada en otro lado.

Quien busque esfumarse necesitaba dinero.

Pisó con bronca la colilla del cigarrillo.

A Celia Vidal le molestaban los chantajes, y, sobre todo, le molestaba no saber de qué manera esquivarlos.

Que él rechazaba el mar de Dirac, dijo el hombre.

El americano lo oía en silencio.

Hizo un gesto ambiguo, que podía entenderse como un gesto de indiferencia o como una invitación a que el otro intentara explicarse.

El hombre de traje negro y corbata de nudo ancho prosiguió con su diatriba.

Cuando pasaban por algún restaurante o por alguna farmacia, el americano aminoraba la marcha y buscaba la hora.

El hombre de traje se aclaró la garganta y comenzó con la historia.

Sería indispensable, en un principio, si acaso alguien deseaba comprender las tesis del físico Dirac, imaginarse un pez. Una tarea, esa imaginería, en absoluto difícil. No se trataba de cualquier pez, sino de uno que vivía sin asomarse a la superficie, sin conocer tampoco el fondo del mar. Observaba caer los objetos y concluía, si en el esfuerzo de imaginación se aceptaba adjudicarle a un pez semejante capacidad, que debía existir una fuerza que impulsaba a los objetos en la misma dirección.

Una fuerza positiva los atraía gravemente hacia el fondo del mar.

Esa sería la primera conclusión a la que podría llegarse sin demasiada dificultad, pero sin entender tampoco, al menos así podría haberlo señalado el americano, para qué sería necesario imaginar un mar, un pez, en suma, una fábula si la conclusión resultaba tan anodina.

Durante años, en Nápoles, cuando le tocó trabajar en la universidad, les explicaba esas cosas a sus alumnos, con resultados algo desalentadores. A lo sumo, desconcertantes. Él venía de otra ciudad, así que había decidido alquilar una habitación en el hotel Boloña y dedicarse a transmitir sus ideas. La enseñanza, la verdad, tenía algo agotador y confuso: las palabras pronunciadas serían siempre utilizadas por los otros de maneras insospechadas.

Por eso había renunciado, si bien guardaría el mejor de los recuerdos de quienes fueron sus alumnos. Así lo escribió antes de abandonar Nápoles, de embarcarse, de buscar, dijo, fundirse con el mar, desaparecer completamente y que nadie pudiera dar con él.

¿Querría que lo buscaran o en su extraña búsqueda ambicionaba el olvido más perfecto?

El hombre de traje negro caminaba a paso lento, miraba hacia el piso y no le importaba la llovizna. Tampoco al americano le importaba mojarse. Iban, los dos, por el casco antiguo de la ciudad, ya habían vuelto del paseo por Riazor.

Cansado, el hombre de traje buscó el banco de la plaza. Después, entraron en una de esas iglesias que se encontraban en la parte más vieja de la ciudad. El hombre del traje se quedó sentado, como si rezara o continuara recordando sus clases de física o su deseo de evanescerse.

El americano miraba el altar, las ventanas, las columnas.

Se resguardaban de la lluvia, pero como la llovizna resultaba interminable, en determinado momento, salían de nuevo a la calle.

El americano apuró el paso, había visto la hora en el televisor de un bar.

El otro, inmutable, seguía a paso cansino, sin olvidarse del hilo de la historia.

Entonces un día, como en toda fábula, ocurría algo que rompía el equilibrio: una botella vacía, cayendo hacia el fondo del mar, conservando, en su interior, una burbuja de aire. Cuando la botella golpeara contra el fondo, saldría la burbuja y el pez, al verla, agregaría una segunda hipótesis a la primera: había en esa burbuja una masa negativa, de signo contrario a la de los objetos que se dirigían hacia el fondo.

Dirac y su hipótesis, dijo el hombre de traje oscuro: una partícula de energía negativa era el equivalente de otra partícula de masa positiva.

La antimateria y el pez.

El barco, dijo el americano.

El hombre se pasó una mano por el pelo, se frotó los ojos. De golpe, parecía cansado, y el cansancio lo ponía de malhumor.

Repitió la primera de las frases: él rechazaba el mar de Dirac.

¿Eso qué podría querer decir?

El americano trotaba, en una de las esquinas se detuvo a tomar aire. Llevaba demasiado tiempo fuera de casa, caminando, trotando, paseándose.

A los pocos segundos, impertérrito, reapareció el hombre del traje.

Eso querría decir, dijo, que existían partículas que eran su propia antipartícula.

Eso también querría decir que el hombre del traje, más que unir dos orillas, deseaba subir al barco para así desintegrarse.

No había en la decisión una gota de egoísmo.

¿Por qué, al hombre del traje, le causaba gracia su frase?

Ni una gota de egoísmo en su deseo de pasar al olvido.

¿Lo rechazaría el mar?

¿Se regiría ese mar por las reglas imaginadas por Dirac?

Había escrito una serie de cartas. Sabía, de tanto frecuentar a la gente, de la facilidad con que las palabras se prestaban a confusión. Quizás precisamente fuera su deseo de evitar la confusión de las palabras lo que lo impulsaba a borrar todas sus huellas, a fundirse en la potencia de la negatividad.

Una serie de cartas para una inimaginable serie de potenciales lectores.

Algo así como lanzar al mar un mensaje en una botella.

Del mismo modo, él había dejado mensajes a sus amigos, a sus colegas; también los había dejado en lugares insólitos a potenciales destinatarios: en los asientos de los trenes, en los baños de los bares, en los cajones de los hoteles.

Que los lugares y el destino crearan a los destinatarios y resignificaran el mensaje, que, de cualquier manera, seguiría siendo siempre el mismo.

El americano, a lo lejos, vio a los pasajeros embarcando.

Se olvidó del hombre y corrió: no había pasado por todo lo que había pasado para quedarse en el puerto siendo testigo de cómo los otros abandonaban la orilla.

El hombre del traje negro no se inmutó, siguió a paso cansino, perdido en sus ideas.

Cuando el barco zarpó y el americano, desde la cubierta, observaba los cristales de los edificios, la gente en el puerto, los obreros dirigiéndose a la excavación, no supo cómo había conseguido el hombre llegar a tiempo.

Se acercó con una sonrisa.

El americano, indiferente, sin quitar la vista del puerto, lo oyó.

Como si fuera indispensable, antes de la desintegración, volverse omnipresente.

No buscaba empezar de nuevo, sabía que esa ilusión era absurda, buscaba simplemente desaparecer sin dejar rastro.

Eso les había escrito a sus alumnos, a sus parientes, a las dos o tres personas que se encapricharían en buscarlo.

Eso dijo el hombre.

El americano buscaba irse.

¿A Buenos Aires, a La Habana, a Caracas, al igual que tantos otros que, décadas atrás, habían zarpado desde el puerto de Vigo?

Celia Vidal fumaba en el parking.

La portuguesa estaba en coma y resultaba difícil, quizás imposible, precisar hasta cuándo estaría así, con los ojos cerrados, inmutable ante cualquier estímulo.

Aparecieron algunos parientes de Liz.

Celia Vidal trataba sin conseguirlo de borrar la imagen del accidente.

¿Hasta cuándo pensaba quedarse entonces, si no había nada que pudiera hacer?

O, todavía más difícil de responder, ¿adónde pensaba ir?

El dueño de O Quita Penas le ofrecía regresar, trabajar unos días más.

Hasta que las cosas se acomodaran.

Un ofrecimiento, un chantaje, una trampa.

Tampoco Liz Fateira, en el caso de que alguna vez abriera los ojos, tendría un sitio al que volver, pero de eso Celia no podía ocuparse. Los parientes y los amigos de la portuguesa se encargarían de que siguiera anclada en el mismo lugar.

Había vendido la peluquería, ya no tenía piso. Quizás fuera una advertencia.

No había que jugar con el destino, tratar de burlarlo.

Tampoco era necesario creer en supersticiones, pensó Celia.

Ella esperaba a que apareciera algún hombre por el hospital. Había creído que, si la portuguesa tenía pensado abandonar el pueblo, era porque se movía detrás de alguien. Ese alguien debía ser un hombre, y ese hombre parecía tener la cara del americano.

¿En dónde habría pasado las noches el extranjero?

Buscó la parada del bus. De los pocos que circulaban entre Coruña y el pueblo. Podría haber ido hasta el puerto, haber buscado un barco, preguntar si alguien había visto a un tipo con un acento raro.

Guapo, quizás fuera guapo, pero había demasiados hombres guapos en el mundo, sobre todo cuando la soledad se convierte en un acoso constante y la impotencia en la única respuesta posible para cambiar algo.

Subió al bus.

Buscaría el auto y se iría lejos.

Absurdo seguir con esas ideas que no la llevaban a ningún lado.

O, más bien, que la anclaban siempre en el mismo sitio.

¿Habría, acaso, otro lugar en el mundo para ella?

Pensó en la portuguesa: sintió pena, tristeza y temor.

Un hombre tocaba la gaita, otro el redoblante, el tercero, bastante gordo, vestido con una camisa blanca y sucia, un pantalón negro y con unos ojos amarillentos, marcaba el ritmo con el bombo. Al lado de los hombres, había un balde con frutas. Cada tanto, alguno de los tres dejaba de tocar y comía, manchándose la camisa, sin importarle demasiado haber perdido el ritmo de la canción. Una mujer se puso a bailar, siguiendo melodías imaginarias, indiferente a lo que ejecutaban los músicos. Cuando sonaron las alarmas, alguien susurró, como si fuera una advertencia o un designio de los dioses. Inmutables, tocaban y comían y la mujer bailaba mientras se producía el desbande, y otras mujeres se sumaban al extraño baile.

El americano tenía puesto un desinflado chaleco amarillo, se paseaba así por los pasillos del barco, por el salón, por la cubierta, sin importarle la mirada algo aterrada de los otros viajeros. Parecía un hombre cansado o resignado, como si llevara siglos nadando hasta orillas que no dejaban de alejarse.

Cuando bajó del bus se cruzó con Senta: estaba en la puerta de la casa de Chucho y Chucho lloraba y luego Senta lo abrazaba, y Celia Vidal apuró el paso porque la escena, o la posible y temida conclusión de la escena la deprimía.

Estaba de regreso en el pueblo, para irse.

Encendió el coche y sintió cierta euforia. ¿Sería un mal signo? ¿No sería más prudente esperar hasta el final de la historia? Como si fuera simple saber el momento exacto en que termina una historia.

Celia Vidal tenía pensado llegar por la noche a un hotel de Oviedo. Mucho antes, sin cruzar siquiera la frontera gallega, sintió que perdía el control del coche. No tocó el freno, fue disminuyendo la velocidad con los cambios hasta detenerse en la banquina. Estaba sola. Iba por rutas secundarias, para ahorrar dinero, había decidido evitar las autopistas. Tuvo que llamar a la grúa y ver cómo se llevaban el auto.

Vio la hora, vio el cartel luminoso, no demasiado lejos de una barra americana, y pensó que lo más sensato sería pasar la noche en un hotel. A fin de cuentas, la vida en hoteles formaba parte del plan, hasta que consiguiera un piso y un trabajo en la capital.

El cuarto no estaba del todo mal. Se preguntó cuántos clientes podrían conseguirse en un pueblo perdido de Galicia. Se llamaba Montevideo.

Tenía hambre así que, antes de ducharse y meterse en la cama, quiso llamar a la recepción y pedir algo. Abrió los cajones, buscando los números y encontró una nota. Parecía una carta. Los camioneros que pasaban por O Quita Penas solían decir que en los cajones de los hoteles se encontraban biblias y que, dentro de las biblias, en las últimas páginas, aparecían garabateados los números de teléfonos de las putas de la zona.

La verdadera religión de los camioneros.

Nada de eso encontró Celia Vidal.

Un papel blanco, una letra algo enrevesada, difícil de entender.

Logró leerla, lo hizo en voz alta, como si le estuviera destinada, como si fuera un mantra destinado a protegerla o a señalarle los peligros que le esperaban: el mar me ha rechazado.

Abrió los ojos. El perro había subido al tercer piso del museo, al pequeño observatorio. Sonaba la radio. Había música, de esa que él no sabría distinguir por más que la hubiera escuchado una infinidad de veces. Ter le pasaba la lengua por la cara, algo inhabitual en el animal, y el hombre calvo y regordete no sintió asco ni rechazo. Acarició la cabeza del perro. La primera vez que dormía en el museo. En quince minutos, debía abrir las puertas, por más que no entrara nadie.

Desde que el americano se había esfumado y los turistas ya no estaban por la zona, sería un milagro que alguien osara cruzar la puerta. Los horarios estaban para respetarlos y al hombre calvo y regordete no le correspondía romper con las costumbres. Se puso de pie. Miró por el ventanal hacia la playa. Día de sol, no había nadie. Tampoco se observaban barcos de pesca ni gente por el paseo marítimo.

En principio, fue casi un punto negro a la distancia, algo que podría confundirse con una boya o un ave o cualquier objeto que flotara en el mar. El perro ladraba y el hombre lo apartó con el pie, esforzándose por ver lo que había en el agua. Sacó del bolsillo una moneda de dos euros y la colocó en el telescopio, buscó ese punto negro y entonces lo vio: bastante alejado del muelle, en donde se abría la bahía al mar abierto, un hombre daba brazadas, nadaba a ritmo constante; estaba vestido, de a ratos, se abandonaba a la corriente, miraba hacia el cielo, dejando que los rayos del sol le dieran en la cara. Tranquilo o resignado o seguro de que llegaría, tarde o temprano, a la orilla, a esa playa desolada en donde el hombre calvo y regordete veía posarse una gaviota.

El telescopio dejó de funcionar, el perro seguía ladrando y el hombre calvo y regordete bajó apurado los tres pisos, debía estar todo en orden para recibir a quien sería el primer visitante del día.

EL UNIVERSO
ES UN DRAGÓN VERDE

HISTORIA DE UNA CREACIÓN CÓSMICA

Brian Swimme

EL UNIVERSO
ES UN DRAGÓN VERDE

HISTORIA DE UNA CREACIÓN CÓSMICA

EDICIONES OBELISCO

Si este libro le ha interesado y desea que le mantengamos informado
de nuestra publicaciones, escríbanos indicándonos qué temas son de su interés
(Astrología, Autoayuda, Psicología, Artes Marciales, Naturismo, Espiritualidad,
Tradición…) y gustosamente le complaceremos.

Puede consultar nuestro catálogo en www.edicionesobelisco.com

Colección Espiritualidad y Vida interior
EL UNIVERSO ES UN DRAGÓN VERDE. HISTORIA DE UNA CREACIÓN CÓSMICA
Brian Swimme

1.ª edición: noviembre de 2024

Título original: *The Universe Is a Green Dragon*
A Cosmic Creation Story

Traducción: *Jordi Font*
Corrección: *M.ª Jesús Rodríguez*
Diseño de cubierta: *Enrique Iborra*

© 2001, Brian Swimme
Libro publicado por acuerdo con Inner Traditions Interpatronal Ltd,
a través de International Editors & Yañez'Co.
(Reservados todos los derechos)
© 2024, Ediciones Obelisco, S. L.
(Reservados los derechos para la presente edición)

Edita: Ediciones Obelisco, S. L.
Collita, 23-25. Pol. Ind. Molí de la Bastida
08191 Rubí - Barcelona - España
Tel. 93 309 85 25
E-mail: info@edicionesobelisco.com

ISBN: 978-84-1170-201-8
DL B 14847-2024
Impreso en los talleres gráficos de Romanyà/Valls S. A.
Verdaguer, 1 - 08786 Capellades - Barcelona

Printed in Spain

A Thomas Berry

PRÓLOGO

Un día estaba presentando algunas ideas sobre la nueva cosmología en una conferencia en Chicago cuando, de repente, una mujer se puso de pie entre la audiencia, descompuesta, con los ojos brillando como si la propia Atenea hubiera decidido hacerme frente: «Quiero que me explique por qué a mi hijo no le enseñan esto en la escuela de secundaria. Usted dice que los científicos se han desentendido de la visión materialista del mundo. Así pues, ¿por qué mi hijo tiene que seguir soportándola?».

Una buena pregunta. Y que no se limita a nuestras escuelas de secundaria. Yo solía preguntarme algo parecido cuando daba clases de matemáticas y física en la universidad. Se suponía que debía explicar a los estudiantes el universo, el *universo*, pero no debía hablarles de su sentido. ¿Acaso no parece una tarea extraña?

Si te planteas este tipo de preguntas, no será difícil de encontrar la respuesta. La civilización occidental moderna comenzó en medio de una especie de dualismo cultural. Las investigaciones científicas se desvincularon de manera efectiva de las tradiciones espirituales y humanistas al comienzo de la era moderna. Todo ello por buenas razones, sí, pero ahora la neurosis se extiende por varios continentes. Inmersos como estamos en la patología más aterradora de la historia de la humanidad, tal vez debamos preguntarnos si fue tan buena idea ese alejamiento del universo.

Los seres humanos conscientes pudieron ver desde el principio el peligro de la situación. Aunque no podían predecir los males que nos acosan a nivel planetario, ni la amenaza de aniquilación que todos nos llevamos a la cama todas las noches, sí se dieron cuenta de que nos dirigíamos hacia un futuro insano. La actitud mental enferma sólo puede conducir a un ambiente enfermo. Pero nadie podía hacer nada al respecto. Las disciplinas científicas resultaban eficaces en sus formulaciones mecanicistas y, por lo tanto, quedaron aisladas en el mecanicismo. Nuestra tradición religiosa retrocedió cuidadosamente hacia una actitud de redención y concluyó que la Creación no era de su incumbencia. La cultura occidental tomó un camino que condujo inevitablemente a una patología cada vez más generalizada y profunda.

Pero algo grande está pasando en nuestra época, algo que tiene el poder de poner fin a este *impasse*. Me refiero a la transformación radical de la visión fundamental del mundo a medida que la historia cósmica de nuestros orígenes y nuestro desarrollo va penetrando en la conciencia humana. Cuando digo «nuestros orígenes y nuestro desarrollo», no me refiero sólo a la especie humana, sino al origen y desarrollo del universo en su conjunto. Hemos descubierto algo que encierra enormes posibilidades. El universo ya no puede considerarse como el resultado de colisiones fortuitas de distintos elementos, ni como un mecanismo determinista. El universo considerado como un todo se parece más bien a un ser en desarrollo. Tiene un comienzo y se encuentra en pleno desarrollo: una epigénesis cósmica de increíbles proporciones. Este fenómeno lo involucra todo: galaxias, estrellas, planetas, luz y todos los seres vivos.

¿Cómo nos empodera este conocimiento más profundo del universo? Permitiéndonos reinventar al ser humano dentro de la nueva historia cósmica. Ni más ni menos. Un nuevo punto de vista sociológico o una nueva teoría psicológica serían limitados para abordar inquietudes de tal magnitud. Necesitamos comprender al ser humano dentro de la dinámica intrínseca de la Tierra. Aislados del cosmos, aprisionados en nuestros estrechos marcos de referencia, no sabemos qué somos como especie. Descubriremos nuestro papel más amplio sólo si reinventamos al ser humano como una dimensión del universo en despliegue constante.

En las páginas de este libro presento la visión global de la historia cósmica de la creación, narrada a través de una conversación que se prolonga a lo largo de toda una tarde.

Llamo a los dos oradores Thomas y Joven. Con Thomas quiero honrar a Thomas Berry y la tradición cosmológica que representa, cuyos orígenes se encuentran en Erich Jantsch y Teilhard de Chardin, Tomás de Aquino y Platón. La idea de presentar la nueva historia de la creación en forma de una conversación surgió en el Broadway Diner de la ciudad de Nueva York. Estaba comiendo una ensalada griega cuando de repente Thomas Berry me dijo: «Vosotros los científicos tenéis esta estupenda historia del universo. Rompe con todas las cosmologías conocidas. Pero si pretendéis comprenderlo únicamente desde un punto de vista cuantitativo, jamás podréis apreciar su sentido. Sois incapaces de escuchar su música. Y esto es lo que pueden proporcionar las tradiciones espirituales. Cuenta la historia, pero cuéntala sintiendo su melodía».

Llamo Joven al otro interlocutor para recordarnos que la especie humana es la especie más joven, reciente, inmadura y nueva de todas las formas de vida avanzadas del planeta. Acabamos de llegar al universo. Si podemos seguir siendo resilientes, si no dejamos de hacernos preguntas, de crecer y de tener esperanza, si no dejamos de impresionarnos y de sorprendernos, seguiremos avanzando en el único proceso que importa: la maduración auténtica como especie. Es sólo de esta forma que permitiremos que la Tierra vuelva a florecer.

I
EL COSMOS COMO
REVELACIÓN PRIMARIA

CREATIVIDAD:
PRIMORDIAL Y OMNIPRESENTE

JOVEN: ¿Por qué dices que el universo es un dragón verde?

THOMAS: Soy un narrador de historias. Además, me parece una manera adecuada de empezar a contar la nueva historia del cosmos.

JOVEN: Pero ¿por qué decir que el universo es un dragón verde cuando es evidente que no lo es?

THOMAS: Por varios motivos. Llamo dragón verde al universo para recordarnos que nunca seremos capaces de plasmar el universo con palabras.

JOVEN: ¿Cómo puedes estar tan seguro de eso?

THOMAS: ¡Porque el universo es una singularidad! Para hablar, necesitamos hacer comparaciones. Podemos decir que la casa es blanca y no marrón. O que el hombre es hostil y no amable. O que sucedió en el siglo XIX y no antes. Pero sólo hay *un* universo. No podemos comparar el universo con nada. No podemos *encerrar* el universo en palabras.

15

Llamo dragón verde al universo porque no quiero caer en la tentación de pensar que lo podemos controlar, como haríamos si lleváramos a la perrera a un perro callejero. Quiero que tengamos presente esta relación adecuada a medida que nos acercamos al Todo de las Cosas.

Por otro lado —y éste es el segundo motivo para llamarlo dragón verde—, a través de las investigaciones científicas, hemos aprendido cosas que transforman completamente nuestro conocimiento del universo. La revolución actual del pensamiento empequeñece el descubrimiento de Copérnico de que la Tierra gira alrededor del Sol. Lo sé, es una locura comparar el universo con un dragón verde, pero espero que refleje parte del asombro que siento ante lo que sabemos actualmente sobre él. En verdad, la imagen del dragón no es perfecta, porque los dragones verdes son demasiado comunes para indicar todo el alcance de lo que hemos aprendido. Así de limitado es el lenguaje humano.

Así pues, ¿empezamos?

JOVEN: ¿Me vas a explicar la historia del universo?

THOMAS: ¿Qué mejor manera de pasar la tarde con la amable presencia del río Hudson? Eso sí, debes estar preparado para una cierta confusión: una gran parte de lo que escucharás te dejará perplejo. Interrúmpeme cuando desees parar y reflexionar sobre algo. Sólo así podrás escuchar la historia como se debe escuchar; sólo entonces podrás empezar a sentir la magnitud de lo que está irrumpiendo en la conciencia humana.

JOVEN: ¿Nos llevará mucho tiempo?

THOMAS: No, no. Acabaremos antes de que el Sol se ponga, y ya está sobre Hawái. Sírvete un poco de zumo de manzana. Cuando algo te resulte complicado, piensa en este estupendo roble rojo, que lleva aquí unos cuatrocientos años. ¡Piensa en todo lo que ha vivido! En su paciencia, en su resistencia, en la vitalidad que ha adquirido mientras aprendía a interactuar con todo lo que se le ponía en su camino. Y sin embargo aquí sigue: su presencia nos ayudará a superar algunos de los pasajes difíciles con los que nos encontraremos.

JOVEN: ¿Por dónde deberíamos empezar?

THOMAS: Por el principio. Tenemos que empezar con la historia del universo como un todo. El cosmos emergente es el contexto fundamental para todos los conceptos de valor, sentido, propósito o finalidad de cualquier tipo. Hablar del origen del universo es recordar el gran fuego silencioso del principio del tiempo.

Imagínate esa caldera de la que ha surgido todo. Era un fuego que llenaba el universo, *era* el universo. No había ni un solo rincón en el universo en el que no estuviera presente. Esta explosión de luz se hallaba en cualquier punto del cosmos. Y todas las partículas del universo se agitaban bajo un calor y una presión extremos; todo lo que vemos, todo lo que ahora existe estaba allí desde el comienzo, en la gran explosión abrasadora de luz.

JOVEN: ¿Cómo sabemos de su existencia?

THOMAS: ¡Lo sabemos porque lo podemos ver! Podemos ver la luz de la bola de luz primigenia. O al menos la luz de su borde, ya que ardió durante casi medio millón de años. Podemos ver el amanecer del universo porque la luz del punto más lejano nos llega justo ahora, después de viajar catorce mil millones de años para llegar aquí.

JOVEN: ¿Podemos ver la luz real de la bola de fuego?

THOMAS: Cuando miras la llama de una vela encendida, ves la luz de la vela. Lo mismo pasa con la bola de fuego. Podemos interactuar físicamente con los fotones que provienen del principio del tiempo.

JOVEN: Así pues, ¿estamos en contacto directo con el origen del universo?

THOMAS: Así es.

JOVEN: No puedo creer que no supiera esto.

THOMAS: Los científicos sólo acaban de aprender a ver la bola de fuego. La luz siempre ha estado allí, pero la capacidad de poderla ver requería un gran desarrollo de la capacidad de la percepción humana. Del mismo modo que un artista aprende a ver las sutiles sombras y los contornos de la orilla de un lago, la raza humana ha aprendido a agudizar su percepción para apreciar aquello que le rodea. Se han necesitado millones de años para desarrollarla, pero ahora los seres humanos son capaces de interactuar con la radiación cósmica del origen del universo. Podemos ver el principio de los tiempos…, un logro prodigioso.

JOVEN: Es impresionante.

THOMAS: Más impresionante es la comprensión de que todo lo que existe en el universo tiene un origen común. La materia de tu cuerpo y la materia de mi cuerpo están íntimamente relacionadas porque surgieron del mismo fenómeno energético, del cual forman parte. Nuestro linaje incluye a todos los seres vivos y se remonta a las estrellas y a los inicios de la bola de fuego primigenia. El universo es un despliegue energético único y multiforme de materia, entendimiento, inteligencia y vida. Y todo esto es nuevo. Ninguna de las grandes figuras de la historia humana era consciente de ello. Ni Platón, ni Aristóteles, ni los profetas hebreos, ni Confucio, ni Tomás de Aquino, ni Leibniz, ni Newton, ni ningún otro gran creador. Somos la primera generación en vivir con una visión empírica del origen del universo. Somos los primeros seres humanos en investigar el cielo nocturno y ver el nacimiento de las estrellas, el nacimiento de las galaxias, el nacimiento de todo el cosmos. Nuestro futuro como especie se forjará a partir de esta nueva historia del mundo.

JOVEN: Pero ¿qué pasa con *mi* futuro? ¿Qué diferencia supondrá esto para mí?

THOMAS: Para empezar, tendrás que abrazar tu potencial creativo. El universo se ha desarrollado hasta este punto en el que se encuentra ahora y te ha dotado de los poderes creativos necesarios para seguir desarrollándose. El viaje del cosmos depende de estos seres vivos y de estos elementos existentes ahora, incluido tú. Para el desarrollo del universo, tu creatividad es tan esencial como la creatividad inherente en la bola de fuego.

JOVEN: ¿Cómo puedo entender mi creatividad?

THOMAS: Considera la creatividad que se manifiesta en todo el universo. Mira allí y empezarás a entender qué papel desempeñas en esta actividad creativa. La bola de fuego era una caldera de creatividad. En ella se crearon todas las partículas elementales del universo. Todo lo que existe en la Tierra existe sólo gracias a las partículas elementales que surgieron en esta primera época del desarrollo del universo.

Después de la bola de fuego, se crearon las estrellas y las galaxias. Tenemos que darnos cuenta de que la creación de una galaxia es una actividad formidable. ¿Podríamos hacerlo nosotros? Se crearon centenares de miles de millones de galaxias por, cada una con sus centenares de miles de millones de estrellas. Y todas se mueven constantemente: las estrellas giran unas alrededor de otras, explotan, crean nuevas estrellas, se abrazan en el silencio del abrazo de la fuerza gravitacional. Y estos sistemas extraordinariamente complejos aparecieron de repente. Cuando reflexionamos sobre la creatividad inherente del universo, nos sentimos abrumados tanto por su enormidad como por su aparente espontaneidad.

Para entender mejor la creatividad, debemos comenzar a comprender la creatividad de la Tierra. No conocemos ningún otro planeta con el poder creativo de la Tierra. Y me refiero ahora a la Tierra como un todo, como una entidad creativa. La Tierra creó las masas continentales, las cadenas montañosas, la atmósfera. La Luna y Mercurio crearon cadenas montañosas, pero su creatividad dejó de manifestarse hace mucho tiempo. Marte también creó montañas, una corteza gruesa y una atmósfera, pero su etapa creativa más importante ha cesado. La Tierra, en cambio, seguirá creando durante miles de millones de años. Por supuesto, Júpiter creó una atmósfera, pero Júpiter nunca podrá formar un continente; su gran masa seguirá siendo gaseosa en el futuro lejano. Sólo en la Tierra las dinámicas creativas fueron capaces de crear tanta diversidad, aunque fuera en forma elemental. La Tierra creó los océanos, una hazaña extraordinaria. Todavía tenemos que descubrir otro océano, otro lago u otro río en esta galaxia. Sólo conocemos los nuestros.

JOVEN: ¿Ninguno?

THOMAS: Hemos encontrado agua subterránea y hielo, pero eso es todo. La creación del hielo es una manifestación bastante profunda de creatividad; en los primeros mil millones de años del universo no *había* hielo. Haber creado vapor de agua, como lo hizo Venus, ciertamente revela una dinámica creativa en marcha. Pero haber creado los océanos y haberlos mantenido durante cuatro mil millones de años es un logro del que sólo la Tierra puede presumir. Por lo que sabemos, puede que no exista ningún otro planeta que haya mostrado tal capacidad creativa. Una reflexión alarmante, tal vez, pero que debe considerarse seriamente hasta que tengamos pruebas que indiquen lo contrario.

JOVEN: Los océanos no parecen nada extraordinario.

THOMAS: Sí, tienes razón, pero esto sólo refleja lo limitado que es nuestro entendimiento. Sólo cuando consideramos todo el universo como nuestro marco de referencia fundamental, empezamos a apreciar el significado cósmico del agua corriente. Sólo tomando conciencia de la evolución del cosmos como un todo, podemos comenzar a descubrir el significado y la importancia de las cosas comunes y corrientes.

La Tierra era una caldera de creatividad química y elemental, que creaba formas y combinaciones cada vez más complejas hasta que apareció la vida en los océanos y comenzó a extenderse por los continentes, hasta cubrir todo el planeta. Esta creatividad progresó hasta que las flores aparecieron en todos los continentes, y entonces siguió desplegándose hasta que la visión de las flores y de toda la belleza pudo ser percibida y apreciada. Nosotros somos la extravagancia más joven, la última, la más reciente, de esta Tierra increíblemente creativa.

JOVEN: ¿Somos la última?

THOMAS: ¡Aún estamos en pañales! ¿Cómo puedes hablar de un final? Sólo hemos comenzado a hacer nuestros pinitos en la aventura humana y somos muy conscientes de nuestra inmadurez. Incluso esta conversación revela la manera en que continúa evolucionando la mente autorreflexiva humana. Hace sólo unos minutos, no eras consciente de la existencia de la bola de fuego primigenia. Ninguna especie oyó hablar de la luz de la bola de fuego durante millones de años. ¿Lo ves? El universo sigue desarrollándose, sigue revelándose a sí mismo a través de la conciencia humana.

JOVEN: Cuando hablas de cómo surgieron los océanos, lo puedo ver como una aportación obvia a la Tierra. Pero ¿qué aportan los humanos que sea realmente nuevo?

THOMAS: El ser humano proporciona al universo la posibilidad de sentir su increíble belleza. Piénsalo así: antes de la aparición del ser humano, la Tierra y el universo eran realidades maravillosas, pero nadie podía apreciar ni comprender esta magnificencia. Hemos podido percibir algunos aspectos profundos del universo, pero apenas hemos comenzado nuestra aventura y mucho nos espera cuando alcancemos la madurez. ¿Por qué si no todas las cosas de la Tierra siguen llamando la atención del ser humano, con la esperanza de percibir su existencia a través de una vida vivida intensamente? Piensa en ello. Hasta ayer no eras consciente de la bola de fuego. Ahora que has oído de su existencia, ¿no te sientes maravillado?

JOVEN: Bien, sí mucho.

THOMAS: El universo tiembla de asombro en las profundidades del ser humano. ¿Lo ves? Piensa en cómo sería si no hubiera seres humanos en el planeta: las montañas y la bola de fuego primigenia seguirían siendo magníficas, pero la Tierra no sería consciente de ello. ¿Puedes ver lo triste que sería? ¿Lo limitado que sería?

A veces pienso que lo más importante que puede hacer un progenitor es ver la belleza y el encanto de los hijos. Los hijos son maravillosos, espléndidos más allá de lo que se pueda decir, pero ellos no tienen conciencia de la belleza que personifican. ¿Te puedes imaginar lo triste que sería que nadie percibiera y apreciara la belleza de un niño? ¿Que nadie apreciara lo maravilloso que es? ¿Que nadie celebrara su esplendor?

Con el cosmos pasa lo mismo: los seres humanos podemos captar la tremenda belleza de la Tierra, de la vida, del universo. Podemos valorarlo, apreciar su magnificencia.

JOVEN: ¿Y estás diciendo que no hemos terminado esta labor?

THOMAS: Cada una de las tres grandes eras de la humanidad ha tenido su propia imagen única de la belleza. Durante la edad tribal-chamánica, los grandes misterios de la Tierra y el cielo y el Sol estallaron en la conciencia humana. ¡Piensa en cómo debió haber sido percibir el estallido de un rayo por primera vez, sentir la emoción de una tormenta! Cada vez que nos asombramos la luz ramificada de un relámpago, cada vez que nos estremecemos de expectación en el bosque antes del amanecer, estamos recordando la primera vez que la Tierra se dio cuenta de su propia belleza.

En la segunda era de la historia de la humanidad, la de las grandes civilizaciones clásicas, asistimos al ascenso de la cultura china, la india, la europea, la de Oriente Medio y la amerindia. Estas civilizaciones permitieron que los seres humanos se especializaran en diferentes tareas y esto hizo posible el desarrollo de técnicas inimaginables en el mundo tribal. En este contexto se escribieron las grandes obras del mundo, se forjaron las disciplinas espirituales clásicas. Durante este período de la historia humana, el mundo humano comenzó a ser percibido como la intersección de los mundos transfenoménico y fenoménico.

La era científico-tecnológica corresponde a la tercera fase de desarrollo de la humanidad. En estos últimos siglos hemos penetrado empíricamente en las dinámicas que gobiernan la Tierra y el cosmos. Se descubrieron y se codificaron en lenguaje matemático las interacciones gravitacionales, electromagnéticas y nucleares fuertes y débiles. Se adquirió la capacidad de alterar la dinámica de la Tierra a través de inventos tecnológicos. El ser humano tomó conciencia de la inmensidad del tiempo y el espacio, e incluso irrumpió el origen del universo dentro de la conciencia individual y autorreflexiva. La era científica-tecnológica ha permitido que se desarrollaran las dinámicas del universo en la conciencia humana.

Actualmente, la especie humana avanza hacia la cuarta era, a la que podríamos llamar la era de la Tierra. Esto no significa que la ciencia y la tecnología se evaporarán. La época tribal-chamánica no desapareció cuando emergieron las civilizaciones de las religiones clásicas, ni todas estas civilizaciones desaparecieron cuando empezó la era científica-tecnológica. Pero ahora el fuego creativo que se refleja en la aventura humana se concentra en crear algo totalmente nuevo, una forma de vida humana que se visualiza a sí misma como parte de la dinámica en constante despliegue.

La tribu no será el centro del mundo de lo humano, ni lo será la civilización, la cultura o el estado-nación. Será la comunidad de la Tierra como un todo, que percibiremos como nuestro hogar, como nuestro útero de creatividad y vida.

Los humanos exigirán una conciencia más profunda de las dimensiones planetarias y cósmicas implícitas en la mente autorreflexiva. Desde el punto de vista del planeta, podemos decir que la Tierra está despertando a su propia belleza, su poder y sus posibilidades futuras. La Tierra comienza a perseguir el despliegue de la visión de un ser autoconsciente.

JOVEN: ¿La Tierra es un individuo?

THOMAS: No. La Tierra despierta *a través de* la mente humana. Tienes que entender esto desde dos puntos de vista diferentes. Por una parte, tenemos una humanidad que despierta a su dimensión planetaria, a su responsabilidad planetaria, y así comienza a dotar a la Tierra de un corazón y una capacidad de entendimiento. Desde la otra perspectiva, podemos ver cómo el planeta como un todo despierta a través de la mente autorreflexiva, que se despliega a través de la humanidad.

JOVEN: ¿Todo el mundo sabe esto?

THOMAS: La terrible confusión que tortura a tantos de nosotros en este tiempo es, hasta cierto punto, un reflejo del reconocimiento de nuestra situación. La desesperación y el miedo son formas en que muchas personas expresan la percepción reprimida de que en la Tierra está sucediendo algo de inmensas proporciones.

JOVEN: Has dicho que estamos dejando atrás la era científico-tecnológica. ¿Qué pasa entonces con la ciencia y la tecnología?

THOMAS: Durante la era científico-tecnológica, considerábamos la tecnología como una forma de mejorar la suerte humana. Considerábamos la ciencia como el conocimiento que la humanidad había ido acumulando sobre el universo. Pero durante la era de la Tierra aprenderemos a ver la ciencia y la tecnología como actividades de la Tierra. Durante centenares de millones de años, antes de la aparición de los humanos, las plantas tenían tecnologías propias en este planeta, y había conocimientos científicos similares en todo el mundo biológico. ¿O pensabas acaso que la predicción meteorológica era una invención humana? Empezaremos a comprender que la ciencia y la tecnología han surgido para servir al despliegue del planeta, para mejorar el tejido global de la realidad de la Tierra, y no simplemente como una herramienta útil para los seres humanos. Ya ves, la humanidad es una creación del proceso de la Tierra; hemos sido creados para enriquecer la vida global del planeta con nuestra ciencia y tecnología y todo lo demás.

JOVEN: Pero ¿qué puedo hacer yo? ¿Cómo se supone que puedo ayudar?

THOMAS: ¡No seas impaciente! Primero tienes que aprender. Hace apenas unos minutos desconocías el origen del universo. Ten paciencia, porque sin duda te espera un trabajo específico. ¿O acaso pensabas que el universo ha invertido catorce mil millones de años de trabajo para crearte si no hubiera una labor concreta que tú –y *sólo* tú– puedes hacer? Tu creatividad se despertará cuando llegue el momento de hacer el trabajo para el que fuiste creado.

JOVEN: ¿A qué creatividad te refieres?

THOMAS: No la podemos saber hasta que se manifieste. Ni siquiera tú podrías saber de qué se trata.

JOVEN: Pero entonces, ¿de dónde proviene esta creatividad, si ni siquiera yo sé qué de qué se trata?

THOMAS: Del mismo lugar de donde proviene todo. Del mismo lugar del que proviene la bola de fuego primigenia: un reino vacío, de un orden misterioso de la realidad, de una nada que es simultáneamente la fuente última de *todas* las cosas.

JOVEN: Ahora espera un minuto…

THOMAS: Soy consciente de lo raro que suena todo esto, pero poco podemos hacer al respecto. Te estoy hablando de algo que recientemente se ha demostrado de manera empírica. En el mundo de la física, lo llamamos fluctuación cuántica. Las partículas elementales fluctúan entre la existencia y la no existencia. ¡Qué conocimiento tan extraño! ¡No creas que a los físicos les resulta más fácil entenderlo que a ti! Las partículas elementales saltan a la existencia de repente y luego desaparecen. Un protón aparece de repente. ¿De dónde ha salido? ¿Quién lo ha hecho? ¿Cómo se ha colado de repente en la realidad?

Decimos que simplemente ha surgido de la nada. No había ninguna partícula y de repente está ahí. No me refiero aquí a cómo la masa se transforma en energía y a la inversa. Estoy hablando de algo mucho más misterioso. Estoy diciendo que las partículas aparecen en la existencia del puro vacío. Así es sencillamente cómo funciona el universo. Tenemos que aceptarlo y punto. No lo hemos construido nosotros; simplemente formamos parte de él.

Las partículas elementales surgen de repente saltando de un ámbito misterioso; así es como es.

Digo de la nada. O del vacío. Pero esto sólo revela lo limitado que es el lenguaje. Nos estamos acercando a un Misterio Supremo, algo que supera todos nuestros intentos de indagar e investigar. No había bola de fuego y entonces surgió la bola de fuego. El universo surgió de repente y todo lo que existe surgió de la nada, todo estalló en un instante.

Lo que me gustaría que entendieras es que este vacío te llena. Eres más vacío fecundo que partículas creadas. Podemos verlo examinando un átomo de tu cuerpo. Si tomas un solo átomo y lo haces tan grande como el Yankee Stadium, verás que prácticamente lo único que contiene es vacío. El centro del átomo, el núcleo, sería tan pequeño como una pelota de béisbol situada en el centro del campo. Las partes externas del átomo podrían ser pequeños mosquitos revoloteando a una altura mayor que la de cualquier *pop fly* de Babe Ruth. ¿Y entre la pelota de béisbol y los mosquitos? Nada. Sólo el vacío. Eres más vacío que cualquier otra cosa. De hecho, si se te sacara todo el espacio, todo lo que no es materia, podrías ser un millón de veces más pequeño que el grano de arena más diminuto.

Pero es interesante saber que somos este vacío, porque este vacío es simultáneamente la fuente de todo ser. ¿Lo entiendes?

JOVEN: ¿Y esto también se ha descubierto hace poco?

THOMAS: Sí. La forma en que las partículas aparecen de manera espontánea es un descubrimiento radical de hace poco tiempo. Este descubrimiento es muy reciente dentro de la aventura científica, y rompe con tradiciones que se remontan a los inicios de la ciencia.

Pero, desde otro punto de vista, estamos empezando a comprender algo profundamente apreciado por la humanidad durante el período de las religiones clásicas. En Europa de la Edad Media, Tomás de Aquino y Maestro Eckhart intuyeron que el vacío es la fuente de todo. Entendieron este reino de lo no-articulado como la máxima simplicidad divina. Esta misma comprensión se refleja en la vida y las enseñanzas de Buda, quien entendió que todo lo articulado surge del vacío y existe inseparablemente del vacío.

JOVEN: Entonces ¿la física, el cristianismo y el budismo dicen lo mismo?

THOMAS: No, no se puede llegar a una conclusión tan simplista. La situación es la siguiente. La historia de la creación que se está imponiendo a nivel científico proporciona el contexto y un sentido fundamentales a todos los pueblos de la Tierra. Por primera vez en la historia de la humanidad, podemos estar de acuerdo sobre el origen de las galaxias, las estrellas, los planetas, los minerales, las formas de vida y las culturas humanas. Esta historia no subestima las tradiciones espirituales de los períodos tribal o clásico de la historia de la humanidad. Más bien, la historia proporciona el escenario adecuado para las enseñanzas de todas las tradiciones, mostrando la verdadera magnitud de sus verdades esenciales.

Estamos forjando una cosmología que abraza la humanidad como especie, una que no ignora las contribuciones culturales especiales de todos los continentes, sino que acentúa estas diferencias. Cada tradición es irremplazable. Ninguna puede verse reducida por otra. Todas son fundamentales para avanzar hacia el futuro. Todas florecerán más allá de lo imaginable en una interacción fructífera con el resto en el marco de este relato global del cosmos.

Esto no podría haber sucedido durante los primeros siglos de la era moderna, porque había un antagonismo entre las formas modernas de saber y las costumbres y creencias tradicionales. Quizás era necesario; la investigación científica necesitaba un aislamiento austero tanto de las actitudes animistas del período tribal como de las cosmologías espaciales de las civilizaciones clásicas. El conocimiento científico era demasiado nuevo y diferente para encajar en los modos de conciencia humana previamente existentes; necesitaba establecer sus propios cánones, procedimientos y métodos totalmente desvinculados de todo lo demás.

La gran maravilla es que este viaje empírico y racional de la ciencia terminará por relacionarse con las tradiciones espirituales. Pero, en nuestro siglo, se abrió el período mecanicista de la ciencia para incluir las ciencias de lo misterioso y se produjo el encuentro con la ultimidad de la nada que simultáneamente es un reino de potencialidad generativa; se comenzó a reconocer que el universo y la Tierra pueden considerarse como seres vivos; se comprendió que el ser humano, más que una entidad separada dentro del mundo, es la presencia culminante de un proceso que se ha prolongado mil millones de años, y se comprendió que, en lugar de un universo lleno de cosas, estamos rodeados por un universo que es un evento energético único, un todo, una fuente única, multiforme y maravillosa de vida.

No hay que olvidar que la división entre ciencia y religión ha creado muchísimo sufrimiento. Hemos pagado un precio muy alto para establecer la actividad científica, y sólo podemos festejar el presente recordando el sufrimiento que provocó esta situación esquizofrénica. Tenemos una nueva y vasta historia del universo con fundamento empírico, una que va más allá de cualquier descripción previa de la realidad, una historia que engloba a todos los pueblos porque está arraigada en experiencias concretas. Dentro de esta historia que va cobrando forma podemos continuar nuestro viaje hacia la plena consecución de nuestro destino.

JOVEN: ¿Cuál es nuestro destino?

THOMAS: Transformarnos en amor encarnado en los seres humanos.

JOVEN: ¿Amor? Pensaba que estábamos hablando de ciencia y religión. Y del vacío.

THOMAS: Sí, así es. El camino de salida del vacío es la creación del amor.

JOVEN: Estoy desconcertado.

THOMAS: ¿Por qué exactamente?

JOVEN: Bien… por lo del amor. ¿Qué quieres decir con amor?

ATRACCIÓN

THOMAS: Para abordar el tema del amor debemos partir de lo que conocemos, el universo en constante desarrollo en el que nos encontramos. Este ámbito de la existencia es nuestro hogar definitivo. Todos los seres, incluidos los humanos, tenemos este hogar en común. Si queremos aprender algo, debemos comenzar con el cosmos, la Tierra y las diferentes formas de vida.

El amor comienza como fascinación, como atracción. Piensa en todo el cosmos, los cien mil millones de galaxias moviéndose por el espacio. A esta escala cósmica, la dinámica básica del universo es la atracción que cada galaxia ejerce sobre las demás galaxias. Nada en toda la ciencia ha sido estudiado con mayor atención y detalle que esta atracción primaria de cada parte del universo por todas las demás.

JOVEN: ¿Y esa atracción es amor?

THOMAS: Empieza por aquí: a escala cósmica, hay una atracción.

Joven: ¿Pero eso no es gravedad?

Thomas: «Gravedad» es la palabra que en la era moderna utilizan los científicos y que utilizamos todos nosotros para señalar esta atracción primaria. Escucha con atención y te aclararé mi punto de vista. Durante trescientos años, la palabra «gravedad» significaba la teoría de la gravedad de Newton. Entonces, Einstein publicó su propia teoría de la relatividad de la gravedad, hasta el punto de que hoy en día cuando un científico habla de la gravedad se refiere a la teoría de Einstein. Las sutiles diferencias matemáticas entre las teorías de la gravedad de Newton y de Einstein son cruciales, pero ambas son un intento de explicar de manera lógica por qué cae una piedra cuando la lanzamos. Antes –y después– de cualquier teoría, está el misterio último de la piedra que cae y de la rotación de la Tierra. El misterio sigue siendo un misterio independientemente de que desarrollemos inteligentes teorías. ¿Lo entiendes ahora?

Joven: No, creo que sigo sin entenderlo.

Thomas: De acuerdo. Si suelto una piedra, ¿por qué se mueve hacia la Tierra?

Joven: Por la gravedad.

Thomas: ¿Y qué es la gravedad?

Joven: Una fuerza básica que atrae las cosas.

Thomas: *Pero ¿qué los atrae?*

Joven: Sólo hay una atracción, eso es todo. Simplemente pasa.

THOMAS: De acuerdo. Hay algo que atrae. Este algo que atrae es un misterio fundamental.

JOVEN: Pero es un misterio que entendemos, sabemos en qué consiste.

THOMAS: Entendemos los detalles sobre las *consecuencias* de esta atracción, pero no entendemos en qué consiste esta atracción. Años después de que Isaac Newton escribiera sus ecuaciones de la Ley de la Gravitación Universal, seguía preguntándose en voz alta: «¿Por qué hay una gravitación entre el Sol y los planetas?». Nunca podremos entender el hecho básico de esta atracción, ni determinar por qué opera.

¿Ves que el universo bien podría haber sido distinto? ¿Que podría haber existido sin ninguna actividad de atracción? Pero el hecho es que nuestra galaxia es atraída por todas las demás galaxias del universo, y que nuestra galaxia atrae a todas las demás. La actividad de atracción es un hecho extraordinario y misterioso. Fundamental. Abrimos los ojos y descubrimos que esta fascinante actividad es la realidad fundamental del universo macrocósmico.

JOVEN: ¿Estás diciendo que esta atracción es amor?

THOMAS: La dificultad con la palabra «amor» es que recientemente ha perdido su sentido. Durante estos últimos siglos, el referente fundamental de nuestro lenguaje ha sido el mundo de los seres humanos. Hemos elegido vivir en el marco de referencia antropocéntrico y con ello hemos quitado valor a muchos de nuestros conceptos e ideas. Cuando oímos la palabra «amor», pensamos sólo en el amor humano, una forma de amor muy especial. Así que, por supuesto, no estoy diciendo que la gravedad sea amor humano. Estoy diciendo que, si pensamos en el amor en su dimensión cósmica, debemos partir del universo como un todo. Hay que empezar por la atracción que se manifiesta en toda la macroestructura. Me refiero específicamente a la energía unificadora que se encuentra en todas partes de la realidad. Me refiero a la atracción principal que todas las galaxias experimentan por todas las demás.

JOVEN: Entonces, ¿cómo se relaciona esto con el amor humano?

THOMAS: Dime algo que te guste hacer.

JOVEN: Escuchar música.

THOMAS: Vale. Ahora mira. No podemos dar ninguna explicación de por qué nos gusta la música; simplemente nos gusta un determinado estilo de música. La atracción es elemental. Has despertado a la existencia y has descubierto esta atracción por un estilo de música que te gusta. ¿Queda claro ahora que tu atracción, tu interés y tu placer son un misterio primordial?

JOVEN: Estoy empezando a entenderlo.

THOMAS: Hay muchos sonidos en el mundo, pero un tipo de sonido muy concreto es el que te atrae más profundamente. ¿Por qué es así? ¿Por qué éste y no cualquiera de los otros infinitos sonidos? ¿Por qué la música por encima de todo? Bien, esto es inexplicable, tan inexplicable como era para Newton la atracción que el Sol ejerce sobre la Tierra. Lo más extraño es que esta fascinante actividad se expresa en *todos* los niveles del cosmos. Estas atracciones que sientes tú y que sienten todos y todo son fundamentalmente misteriosos. Estás interesado en determinadas cosas, determinadas personas, determinadas actividades: cada interés es tan fundamental para el universo como lo es la atracción gravitacional que la Tierra siente por el Sol. No podemos explicar por qué existen estas atracciones. Sólo podemos ser conscientes de ellas. ¿Estoy siendo claro?

Joven: Sí, quizá *podamos* explicarlas. Por ejemplo, escuchar música es relajante. Quizás por eso los seres humanos...

Thomas: Cuando escuchaste por primera vez un tipo de música que de verdad te gustaba, ¿pensaste «éste es el tipo de música que me relaja»?

Joven: Bien... no, no lo pensé.

Thomas: Sencillamente descubriste que te atraía esa música, ¿verdad? Este interés son las raíces del amor. Simplemente te sientes atraído por algo o por alguien, por alguna actividad; eso es todo. No encuentras los motivos de esta atracción hasta después del hecho, cuando la justificas; entonces, encuentras motivos. La Tierra no piensa: «Bien, será una buena cosa que me sienta atraída por el Sol. De esta forma, los seres humanos pueden calentar su té en bolsas negras y ahorrar en electricidad». Simplemente, la

Tierra se siente atraída. Simplemente, el electrón se siente atraído. Simplemente, la galaxia se siente atraída. Simplemente, tú te sientes atraído. La misteriosa atracción a la que llamamos «interés» o «fascinación» es tan misteriosa, tan elemental, como la atracción a la que llamamos gravitación.

JOVEN: Entonces, lo que estás diciendo es que la galaxia forma parte de la atracción, y que lo mismo pasa conmigo.

THOMAS: El gran misterio es que cualquier cosa nos interese. Piensa en tus amigos, en cómo los conociste, en cuán interesantes te parecieron. ¿Por qué debería interesarnos una persona en concreto? ¿Por qué no consideramos a todo el mundo unos aburridos y unos absolutos insoportables? ¿Por qué el cosmos no funciona así? ¿Por qué no sentimos un aburrimiento insoportable ante un ser humano, un bosque, una sinfonía o una playa? Lo más sorprendente es el descubrimiento de que algo o alguien *es* realmente interesante. El amor empieza aquí. El amor empieza cuando descubrimos interés. Sentir interés es enamorarse. Quedarse fascinado es vivir una salvaje aventura amorosa en cualquier nivel de la vida.

Esto nos lleva a descubrir no sólo que estamos interesados en algo, sino que nuestros intereses son absolutamente personales. Nos damos cuenta de lo que nos interesa a cada uno de nosotros, y a nadie más. También pasa con los átomos de oxígeno. Y con los protones. Un protón sólo se siente atraído por determinadas partículas. A un nivel infinitamente más complejo, ocurre lo mismo con seres los humanos: cada persona descubre una serie de cosas que la atraen, y la suma de todas ellas da el sello único de su personalidad. El destino se despliega en la búsqueda de fascinaciones e intereses individuales.

JOVEN: Pero suena casi egocéntrico. ¿Dónde encajan los demás?

THOMAS: Al perseguir tus atracciones, contribuyes a unir el universo. La unidad del mundo se basa en la búsqueda de la pasión. ¿Sorprendido? Experimentemos.

Recuerda todas las atracciones que llenan el universo, sea cual sea su complejidad: la atracción a la que llamamos gravitación, las interacciones electromagnéticas, la atracción química, las atracciones en el campo de la biología y en el de los seres humanos.

He aquí la cuestión: Si pudiéramos chasquear los dedos y hacer desaparecer todas estas atracciones –que de todos modos no podemos ver, ni saborear ni oír– del universo, ¿qué pasaría?

Para empezar, las galaxias se fragmentarían. Las estrellas de la Vía Láctea se dispersarían en todas direcciones, ya que ya no mantendrían el abrazo en su danza galáctica. Sus brazos en espiral se desintegrarían a medida que las estrellas avanzaran caóticamente hacia el espacio intergaláctico. Cada estrella individual también se desintegraría y sus átomos ya no se atraerían entre sí, sino que saldrían disparados en todas las direcciones, liberando la presión que hay en el núcleo e interrumpiendo así las reacciones de fusión. Las estrellas se apagarían.

La Tierra también se fragmentaría, todos los minerales y compuestos químicos se disolverían, y las montañas se evaporarían como enormes nubes oscuras bajo el Sol del mediodía. E incluso aunque el mundo físico mantuviera su forma, el de los seres humanos se desintegraría. Nadie iría a trabajar por la mañana. ¿Por qué deberían hacerlo? No habría ninguna atracción por el trabajo, independientemente de cuál fuera. Cesaría la actividad. ¿Alguna vez los científicos encontraban interesante el universo y se quedaban despiertos por las noches para reflexionar sobre sus misterios? Ya no. ¿Se perseguían los amantes en medio de la noche, dejándolo todo por la aventura del romance? Nunca más. Todo el interés, todo el encanto, toda la fascinación, todo el misterio y todo el asombro desaparecerían, y con su ausencia todos los grupos humanos perderían la energía que los mantenía unidos. Las galaxias, las familias humanas, los átomos, los ecosistemas, todo se desintegraría apenas desapareciera la atracción que se manifiesta en todo el universo. No quedaría nada. Ninguna comunidad de ningún tipo. Nada de nada.

JOVEN: Es una suposición sorprendente.

THOMAS: Subraya el resultado primario de toda atracción, que es la evocación de la existencia, la creación

42

de la comunidad. Todas las comunidades se crean en respuesta a una atracción misteriosa y seductora previa. ¿De acuerdo? La atracción evoca el ser y la vida. Eso *es* lo que es la atracción. Ahora ya puedes entender qué significa el amor: el amor es una palabra que señala esta actividad de atracción en el cosmos, el dinamismo primigenio que crea agrupaciones de átomos, galaxias, estrellas, familias, naciones, personas, ecosistemas, océanos y sistemas estelares. El amor enciende el ser.

Piensa en el poder de esta actividad de atracción... es inmensidad. ¡Apenas somos capaces de mantener nuestros vehículos dando vueltas por el continente! ¿Qué diríamos si tuviéramos el encargo de hacer que las estrellas giraran y dieran vueltas dentro de las galaxias? ¿Qué diríamos si tuviéramos que mantener unidos todos los átomos de hidrógeno? ¿O mantenerlos bajo presión para convertirlos en estrellas? Piensa en la tremenda actividad galáctica que este universo despliega a cada instante y comenzarás a sentir la magnificencia de la atracción cósmica del amor. Es esta atracción la que incita a los amantes a lanzarse a los brazos del amado, la que saca a los padres de la cama por tercera vez para consolar a un hijo enfermo, la que empuja a los seres humanos a una vida de aprendizaje y crecimiento. La emoción que sentimos al abrir una carta de un amigo es la misma fuerza que hace girar nuestra Tierra en toda su inmensidad durante toda la negra noche hasta que asoman los colores anaranjados del amanecer.

JOVEN: ¿Así pues esta actividad de atracción es amor?

THOMAS: Sí, el amor es la actividad de la atracción, que es simultáneamente la actividad que crea y realza la vida.·

JOVEN: ¿Atracción es lo mismo que evocación?

THOMAS: Piensa en una estrella. El desarrollo de la estrella muestra claramente cómo la atracción y la evocación son la misma fuerza.

Imagina una extensa nube oscura de átomos de hidrógeno que se extiende a lo largo de millones de kilómetros de espacio. Cada uno de estos billones y billones de átomos siente una atracción por todos los demás y lentamente comienza a moverse. Aparece un centro común y los átomos de hidrógeno comienzan a agruparse. La presión creciente de la atracción gravitacional hace que los átomos de hidrógeno se fusionen en átomos de helio, liberando así la energía que encierran en una gran explosión de luz que emana en todas direcciones: el núcleo de la estrella se enciende. Toda esta actividad es el resultado de la atracción cósmica de la gravitación. Donde al principio teníamos una nube negra de átomos de hidrógeno, ahora tenemos un brillo estelar que irradia a través del espacio intergaláctico hasta los confines más lejanos del cosmos. Donde antes sólo había hidrógeno, ahora hay una estrella. ¿Lo entiendes? La atracción de la gravitación evocaba el ser de la estrella. Los átomos de hidrógeno respondieron a esta atracción expresando todo su poder más profundo como elementos de una estrella furiosa. La respuesta a la atracción era la única manera de mostrar los niveles más profundos y de que se manifestara el ser de la estrella.

JOVEN: ¿Y lo mismo ocurre con los seres humanos?

THOMAS: Lo mismo ocurre contigo, sí. No sabes lo que puedes hacer, ni cuál es tu verdadero sentido, ni qué poderes se esconden dentro de ti. Todo existe en el vacío de tu potencialidad, un plano que no se puede ver, saborear ni tocar. ¿Cómo puedes expresar tus capacidades? ¿Cómo despertarás tu creatividad? Respondiendo a las atracciones que te atraen, siguiendo tus pasiones e intereses. La atracción te arrastra a la existencia, tal como arrastró a la existencia a la estrella. Nuestra vida y nuestras capacidades se manifiestan a través de nuestra respuesta a la atracción.

JOVEN: ¿Independientemente de qué sea lo que nos atraiga?

THOMAS: Así es.

JOVEN: ¿Y si leo Shakespeare, por ejemplo? ¿Qué evocaría esta lectura?

THOMAS: Si lees atenta y profundamente y te dejas llevar por los dramas, descubrirás que se te han despertado fuerzas antes insospechadas, que se te ha abierto un espacio donde se manifestarán los sentimientos humanos. Sumérgete en esas obras y un día te sorprenderá el descubrimiento de sentimientos que no conocías: un afecto por la condición humana, por las debilidades de la voluntad humana, por la nobleza de espíritu que aflora en cada generación, independientemente de cuán terribles sean los sufrimientos y las desilusiones.

Has preguntado qué pasaba con los demás, sobre qué papel desempeñan. ¿Lo ves ahora? Una lectura de las obras de Shakespeare te permite comprender más plenamente las complejas relaciones que se dan entre los seres humanos. Y vives más profundamente estas relaciones precisamente porque el poder del lenguaje de Shakespeare ha abierto el espacio ontológico que hay dentro de ti. Te relacionarás de una manera más sutil, porque se ha ampliado tu conciencia. El mundo se hará más presente en ti; lo que antes era invisible, ahora se muestra. Eso es lo que quiero decir cuando digo que tu ser se ha despertado, se ha activado, se ha abierto, se ha evocado.

Persigue estos intereses más a fondo y acabarás entendiendo qué guió a la sociedad inglesa, a la antigua sociedad romana y a la sociedad italiana del medievo. Cuando comprendamos cómo se refleja el pasado en nuestro presente, comenzaremos a ver cómo la historia de Occidente influye sobre aquello que hacemos hoy en día. Llevarás dentro de ti la complejidad del mundo de una manera inimaginable para tu yo anterior. Sabrás que no estás desconectado del mundo, ni de los seres humanos que se enfrentan a todo tipo de problemas a nivel planetario. Tendrás un primer atisbo de la intensidad con que los seres humanos crean un orden social a través de una mayor conciencia de lo que significa ser un ser humano compasivo.

JOVEN: ¿Y a eso te refieres cuando dices que lo invisible se hace visible? Quiero decir, todas estas posibilidades sutiles de relación surgen de repente, se hacen presentes de repente... ¿Sabes? Es sorprendente pensar en qué clase de mundo viviríamos si Shakespeare u otros poetas no hubieran escrito. Pero ¿por qué escriben? ¿Es eso atracción o es algo más?

NUESTRO DESTINO
COMO ATRACCIÓN

THOMAS: Tu pregunta nos lleva a la raíz de todo lo misterioso. Cuando descubrimos un universo impregnado de atracción, nuestro deseo más primario es formar parte de esa atracción. Despertamos a un universo lleno de fascinación, y nuestro impulso más fundamental es fascinar también.

JOVEN: No lo entiendo.

THOMAS: Piensa en Shakespeare. Supongamos que te atraen sus obras. A través de estas obras te sientes más unido a tus semejantes, los antiguos romanos se te acercan de una manera que antes desconocías. Gracias a esta capacidad de percepción recientemente evocada, puedes relacionarte más íntimamente con otros seres humanos que comparten tiempo y espacio contigo. Aprecias los sentimientos que otros puedan tener e intuyes sus motivaciones. De esta manera estableces relaciones más complejas. Y todo esto a partir de la lectura y el estudio de Shakespeare. Él escribió sus obras y gracias a ellas vives más intensamente.

¿Ves ahora por qué Shakespeare está inseparablemente relacionado con la atracción? ¿Ves que sus obras literarias son una evocación de la vida?

JOVEN: Sigo algo confuso…

THOMAS: La pregunta que me has formulado ha sido «¿Por qué escribía Shakespeare?». Escribía porque el mundo le encantaba. Escribía para expresar la grandeza, el sentido, la profundidad y la belleza que experimentó en su vida. Para poder hacerlo, tenía que fundirse con esta belleza. ¿De qué otra manera podemos expresar sentimientos sino conociéndolos profundamente? ¿Cómo podemos captar el misterio de la angustia a menos que la conozcamos profundamente? Shakespeare se dejó asombrar por la majestuosidad, y en sus escritos trató de expresar lo que sentía, de transmitir de manera simbólica esta pasión. Atraído por la intensidad de la vida, pudo transmitirla con el lenguaje. ¿Y por qué? Porque la belleza lo asombraba. Porque el alma no puede confinar esos sentimientos. Shakespeare se expresó a través de la escritura porque escribiendo podía fascinar a los demás, tal como el mundo lo fascinaba a él. Podía entretener, asombrar, deleitar y hechizar a los demás tal como el mundo lo había hechizado a él. Atraído de mil maneras diferentes, él mismo se convirtió en atractor. La fascinación que impregna el orden de la existencia humana lo convirtió en un ser capaz de fascinar.

JOVEN: Esto es cierto sobre todo para los poetas, pero...

THOMAS: No, no, no sólo para los poetas. Piensa en los científicos. Me viene a la cabeza Stephen Hawking. Se trata de un astrofísico fascinado por la bola de fuego primigenia, la singularidad inicial del espacio-tiempo. Siguió avanzando por este camino y se interesó por el orden y la belleza, por la complejidad y la simplicidad de los primeros instantes del universo. ¿Y entonces qué hace? Transmite su experiencia a través del inglés y de las matemáticas. Desarrolla una forma única y maravillosa de lenguaje para transmitir la belleza que ha descubierto, la claridad de sus ideas, las vivencias que ha tenido, y todo ello con la esperanza de que otros puedan ver lo mismo, de cautivar sus mentes, de ayudarlos a comprender y percibir más plenamente el universo. La belleza de su lenguaje matemático es tan encantadora como el pentámetro yámbico de Shakespeare. Los físicos matemáticos no pueden resistir la atracción de las creaciones de Hawking; se apoderan de la mente con tanta intensidad como las creaciones de Shakespeare. ¿Entiendes lo que estoy diciendo?

JOVEN: Que despertamos a la fascinación por algo, sea lo que sea, y que eso nos lleva a esforzarnos por fascinar a los demás.

THOMAS: Sí, cuando despertamos a la fascinación, nos esforzamos por fascinar a los demás. Nos esforzamos por hechizar a los demás. Nos esforzamos por despertar la vida, por evocar la presencia, por intensificar el despliegue de ser. Todo esto son expresiones del amor. Nuestro esfuerzo por fascinar surge del deseo de que se expresen todo aquello que de otro modo podría desaparecer. Pero así es exactamente cómo actúa el amor: el amor *es* evocar el ser, realzar la vida.

JOVEN: Ahora bien, ¿esto que estás describiendo es amor humano?

THOMAS: No, no, no. Debes empezar a ver esta actividad como esencial para el universo. Piensa otra vez en la estrella. En el núcleo de una estrella hay helio, carbono, oxígeno y silicio, todos los elementos, hasta llegar al hierro, creados bajo un calor abrasador. Si una estrella es lo suficientemente grande, explota después de miles de millones de años, creando el resto de los elementos y arrojándolos al universo. Nuestro propio sistema solar surgió de la explosión de una supernova que dio origen a los planetas y a los muchos elementos que en ellos se encuentran. Los minerales y las formas de vida provienen de la explosión de una supernova.

¡Piensa en ello! Cuando respiras, respiras las creaciones de una estrella. Toda la vida que vivirás es posible gracias a los dones de esa estrella. Tu vida es el resultado de la acción de los cielos, ¿comprendes? La estrella surge espontáneamente en respuesta a la atracción y luego evoca vida fuera de ella. El aire que respiramos, los alimentos que comemos, los compuestos de los que estamos hechos: todo son creaciones de la supernova.

Éste es el dinamismo fundamental del cosmos: llegar a existir como respuesta a la atracción, procrear y así atraer a otros a la existencia. En esta secuencia podemos ver el sentido de la vida y del esfuerzo humanos. La propia evolución de la estrella es un reflejo de este proceso. Se crea a partir de la bola de fuego, se entrega a una intensa creatividad y lanza su hacer por toda la galaxia, permitiendo así que surjan nuevas formas de vida. Se entrega con todo a su tarea: después de su impresionante creatividad, su vida como estrella termina tras una enorme explosión. Pero gracias a sus dones, existen los elefantes, los ríos, las águilas, los helados, las cervezas, las cebras, los dramas isabelinos y toda la Tierra. La dinámica del amor se refleja en el palpitar del cielo estrellado.

JOVEN: ¿Estás diciendo que la estrella es consciente de lo que hace?

THOMAS: Bueno, sí y no. Pero piensa un momento en ello. Somos la autoconciencia del universo: permitimos que el universo se conozca y tenga conciencia de sí mismo. Así, el universo es consciente de sí mismo gracias a la mente autorreflexiva que se despliega en el ser humano. Fuimos creados para que estas experiencias de belleza se hicieran conscientes. La bola de fuego primigenia existió hace catorce mil millones de años sin que tuviera conciencia de sí misma. El trabajo creativo de las supernovas se prolongó durante miles de millones de años sin que fueran conscientes de lo que estaba pasando. Por sí sola, una estrella no puede tomar conciencia de su propia belleza ni de su sacrificio. Pero a través de nosotros, la estrella puede reflexionar sobre sí misma. En cierto sentido, eres la estrella. Mírate la mano: ¿dices que te pertenece? Cada elemento que la conforma se creó a una temperatura un millón de veces más alta que la de la lava fundida, y cada átomo se creó con el calor incandescente de una estrella. Tus ojos, tu cerebro, tus huesos, todo tu cuerpo está formado por las creaciones de una estrella. *Eres* esa estrella, convertida en una forma de vida capaz de reflexionar sobre sí misma. Así pues, sí; la estrella sabe de su gran obra, de su entrega a la atracción, de su extraordinaria contribución a la vida, pero sólo a través de su expresión más lejana: tú.

JOVEN: ENTONCES, ¿esa estrella no ha sido consciente hasta ahora de su trabajo?

THOMAS: Exacto, de la misma manera que acabas de descubrir de aspectos de ti mismo que han permanecido desconocidos durante años. Piensa en fotos de cuando eras un bebé; cuando las miras, te estás mirando a ti mismo. En ese momento, el bebé toma conciencia de su propia belleza. ¿No eres tú el desarrollo posterior de ese bebé? Claro, por supuesto, pero el bebé parece de alguna manera distinto a ti.

Lo mismo ocurre con una estrella. Sabemos que somos el desarrollo último de una estrella y, sin embargo, sabemos que de alguna manera somos diferentes de ella. La estrella toma conciencia de su belleza y de su creatividad a través de la mente humana.

El universo es un evento único y multiforme. No hay nada desconectado de lo demás. Todo ha surgido de la bola de fuego primigenia, y nada puede destruir el vínculo primordial que ésta establece con todas las demás cosas del universo, por distantes que sean. Tú y todo lo que haces y llegas a ser son expresiones más articuladas de la bola de fuego primigenia.

Los seres humanos siempre nos hemos sentido fascinados por los árboles genealógicos. Queremos saber de dónde venimos, la historia que nos lleva hasta nosotros. Pero ningún estudio genealógico que se haya hecho a lo largo de la historia de la humanidad podría habernos preparado para la verdad. Un árbol genealógico de varios cientos o miles de años no es nada, porque nuestro árbol genealógico común abarca todo el universo. Nuestros familiares son todos los seres con los que compartimos la Tierra, todos los planetas y las estrellas, y todas las galaxias. Primos todos, nos hemos extendido hasta llenar todo el cosmos, de un extremo a otro.

Los seres humanos de la Edad Media tenían razón cuando veneraban las reliquias. Si encontraban una astilla de la cruz o una prenda usada de san

Francisco, veneraban el objeto porque alguna vez había estado muy cerca de seres de extraordinaria importancia. Esta actitud debe generalizarse. Nuestra veneración por lo sagrado debe expandirse hasta abarcar todo el universo numinoso. ¿Cuáles son las reliquias de hoy en día? *Nosotros* somos las reliquias, la Tierra y todos los seres de la Tierra estuvieron allí en el núcleo de esa supernova que explotó. Todos estuvimos allí, en la distante y aterradora caldera de la bola de fuego primigenia. No como meros testigos, sino como elementos protagonistas del acontecimiento. Nuestros cuerpos recuerdan lo sucedido, exultantes ante la majestuosidad del cielo nocturno, precisamente porque todos compartimos la vivencia. Nuestro planeta es una reliquia rara y sagrada de cada evento que ha ocurrido a lo largo de catorce mil millones de años de desarrollo cósmico.

Cuando somos más conscientes de este hecho tan simple, de que estamos aquí gracias a la creatividad de las estrellas, comenzamos a sentir una gratitud hasta entonces desconocida. Cuando reflexionamos sobre el esfuerzo que ha sido necesario para que hoy estemos vivos, surge de manera espontánea un sentimiento de veneración. Entonces, en lo más profundo de nuestro corazón, comenzamos a reconocer nuestra propia creatividad. Lo que conferimos al mundo permite que otros vivan con alegría. ¡Qué misterio tan increíble…!

Piénsalo. Esta fuerza suprema del amor, de atracción y de evocación, que viene manifestándose desde el origen del universo, empieza a tomar conciencia de sí misma después de miles de millones de años. ¡La atracción que evoca vida y la realza toma conciencia de sí misma, la magia creadora del ser y de la vida reflexiona ahora sobre su propio misterio! ¿Qué criaturas, qué seres vivos, qué individuos nos seguirán, cobrando vida y adentrándose en el gran misterio del amor precisamente por nuestro esfuerzo?

Hablemos ahora de valores. No me refiero a los valores de la sociedad moderna o de los filósofos, ni de los valores del mercado; me refiero al valor cósmico. ¿Qué es valioso para el cosmos? ¿Qué tiene valor para el cosmos, como hogar supremo de todo lo que existe? Los que tienen conciencia del esplendor del universo y encienden la vida en los demás.

Dime. ¿Eres consciente de que tú, y sólo tú, eres capaz de generar vida en formas que nadie más en el universo puede hacerlo?

JOVEN: Has mencionado a Shakespeare y a ese astrofísico.

THOMAS: ¡Mi pregunta no tiene nada que ver con ellos! El universo nunca se molestaría en crear dos Shakespeares; eso sólo revelaría una creatividad limitada. El Misterio Supremo del que emergen todos los seres prefiere la Extravagancia Suprema, brillando cada ser con vitalidad, ontológicamente único, incomparable. Cada ser es necesario e imprescindible. Ninguno puede ser eliminado o ignorado, porque ninguno es redundante o superfluo.

¿Eres consciente del poder que tienes para dar vida? Esta pregunta sondea tu destino como fuente creativa, tu valor más esencial. Responderla requiere que ahondes más profundamente en la fuerza primordial del universo, porque cuando maduras en la actividad del amor, te conviertes en un ser capaz de mejorar la vida que te rodea.

JOVEN: No sé por dónde empezar a reflexionar sobre ello.

THOMAS: Empieza con tus atracciones y tu propia red de relaciones. Tus atracciones te arrastran a dar vida a lo que te rodea. Estás rodeado de personas y seres que se sentirán más vivos y atraídos por las aventuras que ofrece la vida, sólo si persigues tu destino con la misma devoción desmesurada que la una estrella persigue su destino.

JOVEN: ¿Voy a convertirme en una estrella?

THOMAS: En el sentido de dejarte llevar por la atracción, sí. En su entrega total al trabajo que tiene entre manos, en su identificación con todo lo que le da más intensidad a la vida, sí. Hay muchísimos seres a los que puedes imitar: los organismos procariotas más sencillos lucharon incesantemente y con un éxito sorprendente, alterando de forma permanente la naturaleza de la Tierra. Su paso por este mundo se tradujo en la creación de esas semillas de poder a las que llamamos genes. ¿Quién podría haberlos creado si no lo hubieran hecho ellos? No tenemos talento para ese tipo de trabajo, pero llevamos en nuestro cuerpo el logro de su esfuerzo. Las decenas de miles de genes que tenemos en el cuerpo y que deleitan el planeta con su resplandeciente belleza proceden de estos organismos primitivos. También deberías darles las gracias porque tu vida ha surgido gracias a su creatividad.

JOVEN: Pero ellos no sabían lo que estaban haciendo. No entiendo por qué tengo que estarles agradecido por haber hecho algo sin saber por qué lo estaban haciendo.

THOMAS: ¿Y tú sabes lo que estás haciendo?

JOVEN: Más que ellos.

THOMAS: Eso espero, sí, porque si no todo su esfuerzo habrá sido en vano. Pero ¿sabes lo que te pasa cuando encuentras tan fascinante a Shakespeare? ¿Sabes lo que te pasa en un sentido cósmico? ¿Puedes explicarme de forma sencilla por qué los seres humanos consideran que las montañas tienen una grandiosidad indescriptible, por qué arriesgan sus vidas para llegar a lo más alto de esos planos angulares de granito?

JOVEN: Bueno, no. No en un sentido profundo.

THOMAS: Entonces compartes la misma ignorancia cósmica con los microorganismos que crearon las cadenas de nucleótidos que llamamos genes. Ni tú ni ellos comprendéis por qué el cosmos despliega toda esa belleza que nos invita a sacar lo máximo de nosotros. Lo cierto es que perseguimos la fascinante belleza que nos rodea. ¿Puedes decirme qué saldrá de tu creatividad y de tu destino? ¡Por supuesto que no! Los microorganismos tampoco podían predecir el futuro ni explicar el significado último de su trabajo. Nos parecemos en la esperanza de sumergirnos en las actividades evocadoras de vida que se manifiesta en todo. Nos esforzamos por vivir y luchamos por unirnos a este misterio fascinante, para que nosotros también podamos contribuir a la vida tal como lo hicieron ellos. Soportamos todo tipo de sufrimientos con la esperanza de que nosotros, al igual que las estrellas y los procariotas, también podamos participar en la aventura del cosmos y realzar la riqueza del universo.

JOVEN: Entonces, ¿cómo puedo aprender a convertirme en amor?

THOMAS: ¡Eso es lo más fácil de hacer en el universo! Todo lo que se necesita es que te enamores. Enamórate tan profundamente como puedas. De esta manera, el universo se convierte en tu principal maestro. Aprendemos a convertirnos en amor enamorándonos y, luego, reflexionando sobre la experiencia que hemos vivido y lo que hemos aprendido. De esta manera, aprendemos directamente del universo. No me refiero a ideas ajenas, teóricas o abstractas sobre el amor, sino a dejarse llevar por la realidad del amor y entregarse a él. Recuerda que el deseo de convertirnos en amor está presente en todo el universo. Nos iniciamos en el amor cuando nos sentimos atraídos por la intensa búsqueda del amante. Si la iniciación se prolonga y está llena de dudas y de sufrimiento, el aprendizaje arraiga profundamente.

Joven: ¿Por qué es así?

Thomas: El *aprendiz lento* tiene muchas más oportunidades de observar la dinámica del juego del amor. Si se resiste al amor como nadie se ha resistido nunca, percibirá cómo le va destruyendo hábilmente la armadura de su carácter. Cuando finalmente el obstinado ser humano se entregue al amor, comprenderá todo el esfuerzo que ha tenido que hacer el universo para acabar conquistándolo y descubrirá las sutiles artes del amor: cuán poderoso, cuán incansable, cuán confiado, cuán inteligente, cuán fiel, cuán ilimitado, cuán intenso, cuán capaz de unir, cuán irresistible puede llegar a ser el amor. Estos seres humanos testarudos se convierten en los amantes más vehementes del mundo, porque han pasado por una iniciación que ha exigido que el amor pusiera en juego todas sus ardides; se vuelven tan irresistibles e inteligentes como el amor mismo a la hora de arrastrar a los demás a la alegría de vivir.

Joven: Pero esto es muy idealista. Quiero decir, está bien, estoy de acuerdo, pero sé lo que diría mi padre: no tiene nada que ver con el mundo real de los negocios y todo lo demás. Él es contable. ¿Cómo se aplica todo esto que acabas de explicar a un contable?

THOMAS: Durante los últimos siglos de la era moderna, hemos convertido al ser humano como la única vara de medir, y al hacerlo hemos quitado de significado a las palabras. Podemos ver esto en la propia palabra «contable». Pensamos en un contable como alguien que lleva los libros de una empresa, que hace un seguimiento de las ventas y del inventario, que se preocupa por el resultado final de las ganancias. Dentro de mundo tan limitado es difícil, si no imposible, sentir la implicación del yo, de la Tierra y del cosmos. Pero, para responder a tu pregunta sobre la dinámica del amor dentro de la profesión de contable, necesitamos contar la historia completa del cosmos.

Para empezar, la Tierra es una empresa, la más importante de todas. Cualquier empresa creada por los seres humanos debe encajar en la gran empresa que es la Tierra, porque si la Tierra se va a pique, todo lo demás desaparece. Además, la Tierra tiene su propio sistema de contabilidad, mucho más sutil y preciso que el sistema humano de cálculo de pérdidas y ganancias. La Tierra lleva un seguimiento de todos los intercambios de energía, por muy pequeños que sean. Los libros de contabilidad de la Tierra registran todos los materiales utilizados y todos los residuos generados durante la producción. No hay alfombra bajo la cual se pueda ocultar nada: todo está registrado y anotado en los libros naturales de la Tierra. Entonces la pregunta es la siguiente: ¿Qué papel desempeña un contable de una empresa humana dentro de este punto de vista más amplio?

Supongamos que una empresa fabrica zapatos de varios tipos. Un contable comenzaría dándose cuenta de que todo lo necesario para la producción lo proporciona la Tierra. El cuero proviene de los animales, el tinte tiene un origen mineral, el Sol y las plantas proporcionan la energía, y los seres humanos aportan la inteligencia que une todos estos elementos. Incluso la Tierra proporciona las motivaciones: los artesanos desean demostrar sus habilidades y los humanos en general tienen interés por mostrarse útiles, por entrar a formar parte de una comunidad de relaciones mutuas estables y duraderas.

Se podría decir que los contables son esenciales para todo el proceso porque desarrollan técnicas que permiten que se manifiesten los dones de los mundos animal, mineral y humano, y así contribuyen al proceso de la vida. Si la empresa está bien organizada, florecerá la alegría de todo el mundo, porque aquellos que compren los zapatos se sentirán felices de calzar zapatos de buena calidad, y quienes los fabriquen conocerán la profunda alegría de fabricar un objeto útil. En las empresas del futuro, los contables sentirán una alegría insospechada cuando se den cuenta de que su trabajo permite que se despliegue la vida de toda una biorregión. Gracias a las interacciones de la empresa con el mar, la luz del Sol, el aire, los seres vivos y el suelo, la fuerza vital de la región geográfica donde esté establecida se verá mejorada y no degradada. Entonces la alegría de los peces y de las plantas y de las comunidades del suelo se sumará a la alegría de los seres humanos, y así será como un contable, o cualquier otro ejecutivo de una empresa, forme parte de la dinámica del amor.

JOVEN: Ya veo. Ésta es una manera diferente de…

THOMAS: Cuando observas cualquier cosa desde el punto de vista del universo, todas tus ideas y todos tus actos cambian.

JOVEN: Así pues, no se trata sólo de los contables.

THOMAS: Todas las profesiones, todos los oficios, todas las actividades del mundo humano encuentran su significado esencial en el contexto de la historia cósmica.

JOVEN: Pero ahora todo está muy mal. Estamos a punto de hacer volar por los aires la Tierra. ¿Por qué es tan mal? ¿Por qué somos tan violentos? ¿Por qué sencillamente no podemos evitar todo este sufrimiento que vemos por todas partes? ¿La gente ignora todo esto de lo que estás hablando? ¿O qué es?

MAL DE RIESGO CÓSMICO

THOMAS: Para empezar, tienes que comprender que los seres humanos no son los únicos que sufren. Los seres humanos tampoco son los únicos que son violentos. Vivimos en un universo violento. El cosmos está lleno de violencia que se manifiesta de diferentes maneras, y la violencia humana sólo es una de ellas. La violencia es un hecho universal, pero no la fuerza predominante del universo. El gran misterio no es la violencia, sino la belleza. Lo que hace que prestemos más atención a la violencia es lo sorprendente que nos resulta que existan la gracia y la belleza.

JOVEN: Pero ¿de dónde surge la violencia?

THOMAS: La destrucción tiene sus raíces en la atracción que impregna todo el universo. La atracción es la fuente de toda actividad, incluso del impulso destructivo. La estrella, respondiendo a la atracción, se destruye a sí misma. Nadie acude de fuera a destruir la estrella. La estrella implosiona, rompiéndose en un billón de fragmentos: su viaje termina aquí. O piensa en la violencia de dos estrellas que chocan atraídas por la atracción gravitacional. El fuego se extendería en todas las direcciones a lo largo de millones de kilómetros. Es una violencia increíble, pero piensa también en la belleza de centenares de miles de millones de estrellas que giran sin descanso en una danza galáctica.

El mundo biológico conoce todo tipo de violencia. La misma necesidad que empuja al león al río en busca de agua lo empuja a matar al ñu. Los insectos tienen tal necesidad de moverse y explorar el mundo que devorarán a sus propios progenitores si no pueden encontrar otro alimento. La fascinación por vivir, la alegría de sentirse vivo, la belleza del mundo que los rodea…, todo esto empuja a las criaturas a actos violentos y a la destrucción del ser, pero piensa en la belleza que ha alcanzado su plenitud después de cuatro mil millones de años de vida en la Tierra. La naturaleza está llena de peligros, de desafíos constantes, de excitación, de violencia, de riesgo y de terror, pero de ahí surge la maravilla de la Tierra.

Con el ser humano, también apareció un nuevo tipo de violencia que antes no existía, una proveniente de la capacidad de autorreflexión. Esta nueva conciencia representa tanto un riesgo como un avanzado proceso vital. En cierto sentido, la Tierra se hizo daño a sí misma cuando asumió una capacidad de autorreflexión: aparecieron nuevas expresiones de creatividad, nuevos peligros de destrucción.

La pregunta que hoy se plantea en el Sistema Solar es la siguiente: ¿si la Tierra renunciara a la capacidad de autorreflexión de los seres humanos, habría más belleza? ¿O por el contrario sufriría otra forma de violencia, tal vez fatal?

La incomparable belleza que hoy en día percibimos tiene su origen en la violencia de los reinos cósmico y terrenal. Aún no sabemos si ocurrirá lo mismo con el ser humano. De hecho, a lo largo de miles de años de civilización, los seres humanos rara vez nos hemos detenido a reflexionar seriamente sobre si aportamos algo valioso al sistema de vida de la Tierra. Absortos en nosotros mismos, sólo nos preocupamos por nuestra propia supervivencia y por explorar todas nuestras capacidades innatas. Nunca hemos desarrollado un poder de observación más amplio para evaluar nuestras actividades, teniendo en cuenta a las estrellas, los planetas y todas las demás formas de vida. Esta imagen global limitada es precisamente lo que nos está arruinando como especie.

Si queremos un punto de vista más amplio, tenemos que analizar la evolución de la Tierra durante, pongamos, los últimos diez millones de años. Los primeros humanoides aparecieron hace quizás unos tres millones y medio de años, aunque algunos científicos hacen retroceder aún más esta fecha. Lo que sabemos con toda certeza es que, aunque en los últimos diez millones de años se han extinguido muchas especies, ha aparecido un número aún mayor de especies. La fertilidad natural de la Tierra añade constantemente nuevas especies, que se suman a la variedad y la abundancia total de la vida.

Esta constante renovación de la vida se invirtió con la llegada de la humanidad tecnológica, porque hemos multiplicado por muchas veces las tasas de extinción. Las mejores estimaciones muestran ahora que la Tierra pierde una especie cada pocas horas. Habremos perdido al menos veinte mil especies en los próximos quince años. Nadie se considera capaz de predecir lo que esto significará para la vitalidad general del sistema Tierra, pero una conclusión es ineludible: con nuestra miopía antropocéntrica, los seres humanos estamos mutilando la vida en la Tierra. Una guerra termonuclear sólo sería la última etapa de la destrucción química tóxica, que ya alcanza niveles gravísimos en todos los continentes.

¿Puede la Tierra sostener nuestra violencia? ¿Puede surgir una gran belleza de las ruinas que dejemos? Con respecto a esta cuestión, es importante comprender la naturaleza temporal de la creatividad de la Tierra. Hubo un tiempo en que era capaz de crear vida, pero ese tiempo ya terminó. Las primeras formas de vida agotaron precisamente los mismos elementos que habían hecho posible que surgiera la vida. Hoy en día la fecundidad de la Tierra es diferente. Si desaparecen las formas de vida superiores, no podrán volver a crearse. Cuando las formas de vida desaparecen, lo hacen para siempre.

La situación es análoga a la de un niño pequeño criado en un lugar en el que no haya lenguaje humano: transcurrido sus primeros años, nunca podrá desarrollar el lenguaje. Las conexiones neurofisiológicas necesarias para aprender a hablar sólo están presentes durante los primeros años y luego desaparecen. Si no aprende a hablar en esta etapa, no podrá hacerlo en el futuro.

JOVEN: Pero la Tierra sí podría hacer algo, ¿no?

THOMAS: La Tierra continuará existiendo en algún plano, independientemente de qué hagan los seres humanos. Pero si continuamos atacando el planeta con productos químicos y nucleares, todas las posibilidades futuras se verán gravemente limitadas. Esperar que Rembrandt pinte un nuevo cuadro es lógico, pero si antes le has quitado un ojo y gran parte de su cerebro, tendrás que aceptar que ya no puede crear una obra de tal magnitud porque tiene disminuidas sus capacidades.

Atacamos a todas las formas de vida con venenos, transformamos los ríos en aguas residuales letales y arrojamos millones de toneladas de gases nocivos al sistema respiratorio de la Tierra. Por más científicos que digamos ser, todavía no nos hemos dado cuenta de que los bebés no los trae la cigüeña. El hecho más simple y empírico es que los bebés de todas las especies se crean a partir del suelo, el aire, la lluvia, los alimentos y los ríos. Si convertimos todos estos elementos en venenos, debemos aceptar el hecho de que también convertimos en veneno a los seres que están por nacer en un futuro. ¿Qué materiales utilizarán para sus brazos sino los minerales de los continentes envenenados? ¿De qué material estarán hechos sus ojos sino del agua de nuestros ríos contaminados? ¿De qué estarán hechos esos húmedos y carnosos cerebros sino de gases nocivos y lluvia ácida? Sólo entre los seres humanos, los defectos congénitos graves ya se han multiplicado por dos en las últimas dos décadas.

Para comenzar a evaluar los logros de los seres humanos, podríamos llevar a cabo una votación democrática. No seamos chauvinistas: que todo el mundo vote. Actualmente hay diez millones de especies vivas en el planeta. Podríamos convocar la Conferencia de las Especies Unidas, dar a cada especie un voto y debatir la siguiente cuestión: «¿Se debe permitir que la especie humana siga existiendo dentro del sistema de vida de la Tierra?».

Imaginemos el debate. Nuestro único representante intentaría persuadir a otros 9 999 999 de especies de que realmente vale la pena conservar a la especie humana. Quizás nuestro representante mencione la poesía. Quizás las creaciones religiosas, científicas o artísticas. Ahora imaginemos a los representantes de todas las demás especies sentados alrededor de una gran mesa, sopesando estas contribuciones con todos los venenos que matan la Tierra y que los seres humanos han vertido en todos los continentes, arrojado a todos los océanos y lanzado al aire.

JOVEN: Pero ¿por qué? ¿Por qué ha habido una escalada de violencia de tal magnitud? ¿Por qué no podíamos integrarnos igual que las otras especies?

THOMAS: Éste es el peligro de la capacidad de autorreflexión, es a lo que me refiero cuando digo que en cierto sentido la Tierra se hizo daño a sí misma al permitir que surgiera la capacidad de autorreflexión. Los seres humanos son peligrosos precisamente porque el universo es sublime. He aquí la verdadera pregunta: «¿Puede el cosmos sobrevivir a la visión de su propia belleza?». ¿Puede la Tierra seguir creando belleza una vez que ha creado un espejo que la refleja? ¿Puede la Tierra seguir desplegándose de manera organizada una vez conocidos los aspectos más profundos del eros y de que se ha disfrutado de su dulzura?

Los seres humanos han alcanzado una intensidad erótica que se manifiesta en toda la naturaleza, pero con la diferencia crucial de la autorreflexión. La clave está en la sexualidad. Los animales disfrutan de los placeres de la intimidad sexual sólo durante el celo de la hembra. En el caso del zorro común, dura menos de una semana en enero o en febrero. En el caso de los gusanos palolo de Samoa, el período de apareamiento se limita a un cortísimo intervalo de un solo día del año. Los seres humanos, en cambio, pueden dedicar una vida entera a la búsqueda del placer sexual. El placer y la conciencia de sí mismo son inseparables. Y ése es el riesgo que ha corrido la Tierra.

¿Por qué? Para poder explorar, conocer y saborear los aspectos ocultos de la vida en la Tierra. Los seres humanos se sienten más atraídos que las ballenas por las profundidades, pero por las profundidades de todas las cosas. Somos el espacio en el que el universo se aprecia de una manera nueva e intensa. Entonces la pregunta sigue siendo ésta: ¿Pueden los seres humanos acoger esta voluptuosidad? ¿Puede que la atracción soporte saber cuál es su esencia? ¿O las tensiones que esto crea harán añicos a cualquiera?

JOVEN: ¿Estás diciendo que la belleza y la atracción son la fuente de todos los males?

THOMAS: Sí.

JOVEN: Pero ¿qué pasa con las armas nucleares y la posibilidad de una guerra nuclear? ¿Cuáles son las consecuencias...?

THOMAS: Las armas nucleares no existirían si los científicos y los tecnólogos no se hubieran sentido fascinados por el cosmos y abrumados por la posibilidad de penetrar en los reinos más profundos de la realidad. La idea de aprovechar las asombrosas fuentes de poder es irresistible para la mente humana.

Esta fascinación es la raíz de nuestra devoción por la creación de dispositivos termonucleares. Por supuesto, no es el único motivo. Nuestras convicciones políticas también son el resultado de la atracción. Los ciudadanos soviéticos se sentían atraídos por el sueño de un estado obrero y una sociedad sin clases, del mismo modo que los estadounidenses se sienten atraídos por el sueño de un sistema de libre empresa en el que todo el mundo tenga de todo. Ambos regímenes se sentían fascinados por estas visiones, se dejaban llevar por ellas, y su determinación de hacerlas realidad los llevaron a construir esas armas tan monstruosas.

JOVEN: Entonces, ¿dónde está el error?

THOMAS: Los seres humanos nos volvemos adictos a la belleza, incluso a una visión nublada de ella, y no podemos dejar la adicción. Nuestros métodos de producción agrícola envenenan las aguas y cada año destruyen cuatro mil millones de toneladas de capa superficial del suelo en el continente americano, pero aun así seguimos utilizándolos. Estamos cautivados por nuestra vida consumista, somos arrastrados por las adicciones. Incapaces de reconocer lo triste que es nuestra forma de vida, llenamos nuestras casas y despensas de miles de cosas, y seguimos avanzando, impasibles ante el sufrimiento de los habitantes de otros países y de millones de especies. Nuestra actitud recuerda a una guantera, repleta de cosas inútiles a las que nadie presta atención hasta que se nos ocurre limpiarla; e incluso entonces, incluso cuando nos preguntamos por qué ponemos en peligro nuestra vida llenándola de cosas, somos incapaces de desprendernos de ellas y lo volvemos a colocar todo en su lugar. La única manera de acabar con las adicciones es romper con una visión limitada del mundo. Romper con el egocentrismo. Romper con el etnocentrismo. Romper con el antropocentrismo. Adoptemos el punto de vista de la Tierra como un todo. En cada fascinación, en cada atracción, incluyamos la fuerza vital de la Tierra. Tú también eres la Tierra. La Tierra no es diferente a ti. Este planeta ha florecido durante millones de años y ha llegado al increíble logro de la autorreflexión. Se ha superado a sí misma, conmovida ante la posibilidad de dar cabida a una criatura capaz de apreciar su misterio, su belleza y su majestad con una intensidad nunca vista. Imagina el asombro de la Tierra al vernos empeñados en buscar placeres transformando la Tierra en adornos de usar y tirar, la mayoría de ellos dañinos para todas las formas de vida. Imagina la hilaridad y la patología de una civilización dedicada a acumular más y más cosas, en lugar de aprovechar la felicidad que se ha estado preparando durante miles de millones de años.

JOVEN: Así pues, ¿por qué la Tierra no ha creado seres humanos que nacieran libres de hacer daño? Dices que nuestra mente tiene visiones parciales, que ignoramos el todo, la Tierra, que nos volvemos adictos. ¿Por qué la Tierra no ha evitado toda la destrucción que le infligimos?

THOMAS: Nuestra tarea es explorar, celebrar y disfrutar de todo lo que nos tiene escondido el universo.

Hacerlo a menudo implica un enorme sufrimiento. Preguntas: «¿Por qué no podemos tener otro destino diferente?». La única alternativa sería que otra especie realizara esta tarea por nosotros. ¿Te atrae esta opción? ¿Que otro desempeñe la tarea del ser humano? ¿Que de repente perdamos todo el valor y el sentido que tenemos? En ese caso, ¿por qué tendría que preocuparse el universo por nosotros? No tendríamos nada con que contribuir. En el mejor de los casos, sólo seríamos un polizón prescindible en el gran viaje cósmico.

JOVEN: Entonces, dime: ¿Cómo puedo distinguir una atracción que conducirá a la belleza de una atracción inútil? Supongamos que no estoy interesado en acumular objetos de consumo, o acciones, bonos y cuentas bancarias...

THOMAS: No hay ninguna regla que pueda expresarse con palabras y aplicarse sin tener en cuenta una situación concreta. La realidad es demasiado compleja, demasiado sutil, demasiado misteriosa para ser sometida a nuestras exigencias de controlarla de esta forma o de esta otra. La comprensión de que nuestras motivaciones tienen un fondo misterioso es tan sutil como la capacidad de responder a la luz de la bola de fuego primigenia.

Hay algunas ideas fundamentales que pueden ayudarnos en nuestras reflexiones. Puedes examinarte a ti mismo y a tu propia vida con esta pregunta: ¿Quiero tener este placer? O, mejor dicho,

¿quiero *convertirme en placer*? El deseo de «tener», de poseer, revela siempre un elemento de inmadurez. Conservar, apoderarse, controlar, poseer; todo esto es fundamentalmente una ilusión, porque nuestro verdadero deseo es *ser* y *vivir*. Hemos madurado cuando nos damos cuenta de que el anzuelo más poderoso de la atracción erótica es el deseo de ser felices con el otro y para el otro; es dejarnos llevar por el placer para que dar y recibir placer se conviertan en una sola cosa. Nuestra esperanza más madura es convertirnos en fuente y hogar de placer al mismo tiempo. Lo mismo ocurre con todas las atracciones de la vida: recreamos belleza en nosotros para encender la belleza de los demás.

La historia de la vida puede entenderse como la creación de seres cada vez más sensibles en un universo en el que siempre hay otra expresión de belleza para ser sentida y saboreada. Piensa en ti mismo de esta manera, como un poder supremo de sensibilidad rodeado de belleza.

La paradoja es ésta: cuanto mayor es tu sensibilidad, más insoportable es la tensión. Es mucho más fácil dejarse llevar por lo que nos atrae y pensar que no hay nada más que eso. Cuando nos agarramos a la belleza e insistimos en que no hay nada más fuera de ella, nos convertimos en fanáticos, adictos al trabajo, cínicos, fundamentalistas, drogadictos. Eliminar el conflicto que significa vivir en un universo rico en atracciones nos lleva a quedarnos con una visión parcial de las cosas. El esplendor del ser humano es también otro aspecto de lo problemático del ser humano. Precisamente porque somos capaces de percibir la belleza, somos también vulnerables a la adicción al fanatismo en cualquiera de sus millones de formas.

JOVEN: Entonces, estás diciendo que gran parte de nuestro sufrimiento se debe a nuestra capacidad de hacer tantas cosas, a tener tantas posibilidades.

THOMAS: Así es. Ésta es exactamente la situación. Incluso las maldades que cometemos los seres humanos revelan la vasta y profunda conciencia que surgió en el universo con la aparición del *Homo sapiens*. Los seres humanos fueron creados especialmente para responder a lo más profundo de la magnífica realidad del universo. Ahí radica el desafío supremo de vivir como un ser humano maduro.

JOVEN: Así pues, ¿todo acto destructivo proviene de una respuesta a la belleza?

THOMAS: Básicamente, sí. Pero un acto de destrucción por un deseo que ignora la evolución y la fuerza vital del todo es el primer eslabón de la cadena. La capacidad destructiva se transmite de generación en generación igual que la violencia se transmite y se suma a otras formas de violencia. Estas cadenas de sufrimiento pueden prolongarse a lo largo de millones de años y atormentar a sociedades enteras. En este sentido, la destrucción innecesaria es una respuesta al mal que se ha ido transmitiendo de generación en generación. Los padres transmiten el desprecio que sienten por sí mismos a sus hijos mediante abuso físico y psíquico, quienes a su vez proyectan su autodesprecio sobre los demás y sobre sus propios hijos. La Tierra sufre bajo el peso del dolor y de la patología acumulados, y todo esto tiene su origen en actos de anhelo egocéntrico. ¡Piensa en todo este sufrimiento, no sólo en el sentimiento humano, sino también en el que se extiende por todo el planeta! ¡La magnitud de la aventura de la Tierra supera la imaginación humana!

JOVEN: ¿No tiene fin?

THOMAS: Todos tenemos el poder de participar en la transformación de toda la Tierra porque podemos absorber y transformar el mal que nos llega después de tantos millones de años de existencia. Tienes el poder de aceptar el sufrimiento, de negarte a transmitirlo a otro, de perdonar, de poner fin al tormento innecesario y, sobre todo, de convertir el mal en energía que nutra al todo.

La tarea de madurar como ser humano requiere un poder enorme. Es una cuestión de autenticidad. ¿Qué nos permite alcanzar la autenticidad como partícipe de esta vasta aventura? ¿Qué permite que un roble cumpla con la función que le ha sido encomendada en el mundo? ¿Qué permite que una estrella se integre en este proceso y exprese su creatividad vital?

II
EPIFANÍAS DE LA TIERRA

MAR

THOMAS: Cuando reflexionamos sobre la creatividad y el perdón, la sabiduría, la intuición y la perseverancia que han de tener los seres humanos en un momento de crisis, entendemos lo necesaria que es la increíble fuerza del universo para llevar a cabo nuestro trabajo, sobrevivir y celebrar la vida. Para llegar a ser plenamente maduros, debemos recrear en nosotros las dinámicas que originaron el cosmos. Debemos convertirnos en estas dinámicas cósmicas y estas fuerzas primordiales. Ésta es nuestra tarea: dar forma humana a las fuerzas centrales del cosmos.

JOVEN: ¡Espera! ¿Dar forma *humana* a las fuerzas centrales del cosmos?

THOMAS: Las mismas dinámicas que crearon las galaxias crearon las estrellas y los océanos. Las fuerzas que construyen el universo son, en esencia, misteriosas, surgen de lo misterioso y operan a partir de ese algo. Son la realidad más sorprendente y numinosa del universo. Los seres humanos somos estas dinámicas, llevadas a la autoconciencia, que han tomado plena conciencia de su trabajo creativo. Ya tenemos estas fuerzas en forma de estrellas, montañas, átomos y elefantes, pero aún no las tenemos en forma humana. Todavía estamos investigando, explorando, experimentando. Acabados de llegar a este planeta, todavía estamos aprendiendo lo que significa ser plenamente humanos.

Ya hemos comentado la más primordial de estas fuerzas, la de la atracción. Hay otras cinco fuerzas fundamentales para la actividad creativa del universo y que ahora son necesarias en nuestra tarea de construir el mundo. Estas fuerzas –las fuerzas del mar, la tierra, la vida, el fuego y el viento– son las dinámicas cósmicas que, cuando se combinen de una nueva forma, mostrarán al universo lo que es el ser humano.

Podemos empezar considerando el mar. Cuando digo mar, me refiero a su capacidad principal: su capacidad de absorción. El agua absorbe minerales que sirven para dar vida a las plantas, absorbe tierra de las llanuras y la deposita en las desembocaduras de los ríos. Pon un grano de sal en agua y lentamente desaparece. La ciudad de Nueva York también desaparecería lentamente si quedara cubierta por el mar. El mar demuestra la fuerza del universo, vigente en todos los niveles, de *disolver el universo*.

JOVEN: ¿Puedes ponerme otro ejemplo?

Thomas: Podríamos considerar las partículas elementales. Cuando los electrones y los protones interactúan entre sí, los protones cambian fundamental e intrínsecamente. Decimos que el vector de estado es nuevo, lo que significa que tenemos una realidad diferente a la de antes. ¿Por qué? Porque el protón capta algo de su interacción con el electrón. Este fenómeno se conoce como «adherencia cuántica» y es fundamental para toda la teoría de la mecánica cuántica. Si el protón «se adhiere», no puede deslizarse simplemente junto al electrón. Absorbe algo, asimilándolo y transformándolo a su propio estado de ser. El protón se vuelve nuevo, cambia, porque, gracias a su interacción con el electrón, ha disuelto algo y lo ha absorbido.

Joven: Pero aún sigue siendo el mismo protón, ¿no?

Thomas: La situación es similar a la del agua que corre por la ladera de una montaña. En su recorrido, el agua recoge minerales y sales, y con ello se convierte en algo nuevo. Cuando digo que es algo nuevo, quiero decir que se relaciona de otra manera con la Tierra. Para entender la realidad de una cosa, estudiamos sus interacciones y sus relaciones. Si estas relaciones son nuevas, tenemos una nueva entidad. Cuando un electrón atraviesa un plasma caliente, establece una nueva relación; un átomo en un campo eléctrico muy cargado también establece una nueva relación; y lo mismo pasa con el agua que baja por la ladera de una montaña.

JOVEN: Pero si quisieras, podrías volver a separar el agua de los minerales, ¿no? Entonces tendrías minerales en un frasco y agua en otro.

THOMAS: Eso es cierto. Tendemos a definir algo en términos de los componentes que lo forman. Pero eso es sólo la mitad de la historia. Podemos descomponer el agua mineral en los elementos que la constituyen y podemos aprender algo de ello. Pero el agua mineral como un todo se muestra de una manera que sus componentes no pueden mostrar. Descomponer el agua en sus elementos hidrógeno y oxígeno nos proporciona ciertos conocimientos sobre el agua, pero el agua como un todo revela cosas sobre sí misma que sus componentes no revelan. Durante los dos últimos siglos se ha hecho hincapié en el aprendizaje mediante el análisis, pero también aprendemos estudiando las cosas como un todo.

Fíjate en cómo se ha desarrollado nuestra conversación: al mirar cómo se comporta el mar, hemos comenzado a entender la manera en que el universo se disuelve. Pero, cuando observamos que este mismo proceso se da de una forma diferente en el reino de las partículas elementales, tenemos un conocimiento empírico de la realidad. Esto revela nuestro sesgo cultural en favor del análisis: la dinámica es tan real en los mares como en el ámbito de las partículas elementales. Cada ámbito tiene su propia existencia; el océano no puede reducirse a partículas elementales. Si descompones el océano en partículas elementales, el océano desaparece.

En cualquier caso, cuando miramos al mar, cuando exploramos el mundo de las partículas elementales, vemos que el universo asimila propiedades de forma espontánea. ¿Qué nombre deberíamos darle a esta dinámica cósmica? Podríamos llamarla adherencia cuántica si preferimos el ámbito cuántico. O podríamos llamarla capacidad de solvencia del agua si consideramos el mar y los líquidos en general como punto de referencia. Pero para indicar el aspecto universal de esta dinámica utilizaremos la palabra «sensibilidad».

JOVEN: ¿Entonces los protones son sensibles?

THOMAS: Muestran una sensibilidad mínima el uno por el otro, sí. El universo es sensible, es un reino de sensibilidad. La materia es sensible. Decir que un electrón es sensible significa que el electrón se da cuenta de lo que pasa en su entorno. El electrón responde a su medio y se ve intrínsecamente alterado por él.

De todos modos, no quiero decir que el electrón tenga conciencia autorreflexiva como la tiene un ser humano. Quizás podríamos hablar de «sensibilidad cuántica» para expresar la misma idea. Lo único que estoy diciendo es que el electrón capta algo del mundo y lo asimila.

JOVEN: Estoy confundido. Esta sensibilidad, esta capacidad de absorción ¿a qué nos estamos refiriendo?

THOMAS: Estamos investigando cómo madurarán los seres humanos para cumplir su destino como aspecto humano de la dinámica cósmica.

JOVEN: Y ya hemos hablado de la atracción y de cómo nuestro destino es convertirnos en atracción. De acuerdo. Ahora aparece la sensibilidad cósmica. Pero si el *universo* es sensible, entonces ya somos sensibles *por naturaleza*, ¿verdad?

THOMAS: Sí. Pero recuerda: el desarrollo cósmico no ha terminado. Si la Tierra tuviera cuarenta y seis años, las flores habrían aparecido en su superficie hace un año y medio. Falta mucho todavía, pero ahora mismo la Tierra está teniendo muchos problemas con su creación más reciente, el *Homo sapiens*. Las dinámicas evolutivas están bloqueadas, no pueden expresarse a través del ser humano. Debemos convertirnos en atracción, debemos vivir en sensibilidad cósmica, pero aún no lo hemos logrado.

JOVEN: ¿Cómo impiden los seres humanos estas dinámicas?

THOMAS: Considera la sensibilidad. ¿Cómo impiden los seres humanos que se exprese la sensibilidad, esta capacidad de absorción del universo? Déjame preguntarte algo: cuando ves la Luna, ¿estás viendo una imagen de la Luna o estás absorbiendo la Luna? Es decir, ¿qué pasa cuando levantas la vista por la noche y ves la Luna?

JOVEN: Bueno, me llega la luz de la Luna y alcanza mi retina y tengo esta conciencia de la Luna.

THOMAS: Entonces contemplar la Luna es como mirar su imagen en una pantalla de televisión, ¿verdad? Está ahí un rato y luego desaparece.

JOVEN: Bueno, sí.

THOMAS: Ahora bien, en realidad, pasa algo muy diferente. Cuando miras la Luna, la estás absorbiendo del mismo modo que el océano absorbe minerales.

En términos de física cuántica, tú, como individuo, estás representado por un estado cuántico único. Esto incluye las interacciones de todas las partículas elementales de tu cuerpo. Ahora imagina una onda de luz que sigue un patrón fluyendo hacia ti. Algunos de los fotones de esta onda de luz interactúan con tus propias partículas elementales y, gracias a esta interacción, cambia su estado cuántico. Ésta es la «adherencia» cuántica que hemos comentado antes. Tus partículas son nuevas porque han absorbido algo de los fotones y han entrado en un nuevo estado de ser.

Imagina un gran número de campanillas colgadas las unas al lado de las otras. Si golpeas una con fuerza, transmitirá su propia resonancia a todas las demás. Ninguna seguirá siendo igual, todas tendrán un nuevo estado. Lo mismo ocurre con tu cuerpo: la interacción con la lluvia fotónica crea un nuevo estado cuántico.

Esto significa que, cuando estás en presencia de la Luna, te conviertes en una nueva creación. Las interacciones de los fotones en contacto con el estado cuántico de todo tu cuerpo y, gracias a estas interacciones, te conviertes en una persona-Luna. No es que *cojas* algo, una imagen o un objeto, sino algo que te *conviertes* en algo. Las partículas elementales de tu cuerpo han absorbido una influencia y en ese sentido ellas –y tú– son completamente nuevas, un ser humano que palpita de pies a cabeza bajo la luz de la Luna.

No existe un yo independiente que «tenga» esta imagen; al contrario, tu totalidad queda empapada por la presencia de la Luna, y esta totalidad, al reflexionar sobre sí misma, adopta una nueva conciencia: la de la Luna. Eres el yo y eres la Luna, a la vez. Entonces ya sólo existe el yo-Luna. Ésa es tu realidad. Eso es lo que significa la sensibilidad cósmica para el ser humano.

Desarrollar la sensibilidad cósmica es comprender que ser, en realidad, significa disolver el universo, absorberlo en tu nuevo yo. Ser es disolver y manifestar, dejar que algo que disuelva y te convierta en manifestación. El universo es un caramelo duro de color amarillo, que hay que chupar y tragar hasta que se disuelva, y en ese momento de disolución, nos manifestamos. Una mente rígida no puede responder a la presencia de la Luna. Impide disfrutar de las riquezas de la Luna, e impide que ésta se manifieste. La interacción entre una persona rígida y el universo es superficial, porque la sensibilidad es escasa.

JOVEN: Entonces, ¿bloqueamos nuestra sensibilidad cuando pensamos que somos seres aislados que «tenemos» estas imágenes de la Luna o de cualquier otra cosa?

THOMAS: ¡Claro! ¡Y pasa lo mismo cuando creemos que nuestros sentimientos sólo nos pertenecen a nosotros! ¿Ves el error? La conciencia humana nunca sería capaz de captar la presencia palpitante de la Luna y toda la intensidad de sensaciones que provoca si no fuera por la propia Luna. Estas sensaciones provienen tanto de la Luna como del ser humano. Somos uno con el cielo estrellado, y la percepción surge de esta interacción. Nuestra capacidad de sentir y nuestros sentimientos de asombro y admiración nacen del universo. No podríamos sentir admiración sin la grandeza del universo. Estas sensaciones tan profundas no son sólo nuestras; son el universo reflexionando sobre sí mismo a través de nosotros.

La Luna y tú conspiráis en este momento de intensidad. Quítate a ti mismo o a la Luna y la realidad se evapora. Vivir es entrar en esta belleza, rodeado de encanto, convocado por la magnificencia. Cuando descubrimos el asombro, entramos en un encantamiento que goza de una objetividad suprema. El universo es encantamiento.

He elegido la Luna, pero estoy seguro de que tú tienes tus propios momentos de belleza. Cuando sientes algo por el estilo es como si en ese momento la belleza y las emociones del universo se apoderaran de ti. Cada una de estas vivencias te muestra la sensibilidad cósmica que se manifiesta en forma humana. Los protones responden a ciertos estímulos del universo, los mares a otros diferentes. La sensibilidad del ser humano permite captar conscientemente la belleza que hay en el universo. Cada vez que te das cuenta de la belleza tienes un atisbo de la maravilla que se manifiesta en todo.

Otra imagen te podría ayudar. Ahora mismo a nuestro alrededor se están emitiendo centenares de programas de televisión, pero no vemos nada. Hay personas, motocicletas, ballenas, mujeres jóvenes y veleros, todo a la vez, inundándonos, pero si no tenemos un aparato capaz de captar las ondas electromagnéticas no somos conscientes de su presencia. Lo mismo ocurre con las emociones profundas del universo: recorren todo el cosmos y pasan desapercibidas para los seres humanos que no han desarrollado su sensibilidad innata.

JOVEN: Pero ¿qué hago para desarrollar la sensibilidad?

THOMAS: Aprende a escuchar. Tienes que dedicarte a esta tarea durante largos períodos de tiempo. Escucha *de verdad*. Las maravillosas emociones del universo te envuelven: escúchalas en cada situación de la vida. Escucha a tus amigos con la misma sensibilidad con la que respiras el aire que te rodea. Escucha de tal manera que, si pudieras, escucharías el zumbido de los anillos de Saturno o el viento que sopla en el otro extremo del continente. Cuando de separes de tu amante, sentirás su presencia aunque esté lejos. Siente esto, siente cómo irradias esta presencia para que poder entender cómo puedes disolver el universo y absorberlo.

Cuando entres en un bosque, aprende a estremecerte ante la grandeza de lo que ves y el bosque seguirá a tu lado. Ese yo que se acercó al bosque será otro, llevarás contigo su presencia, allí donde vayas. Los bosques están animados con música de ritmos ocultos; cuando escuches esta música, sabrás que el bosque ha impregnado cada célula de tu cuerpo. Al día siguiente, toma una taza de café y sentirás que su calor se extiende por todos los árboles del bosque. Los mundos natural, humano y divino fluyen juntos como una sola cosa. No necesitas ningún maestro para aprender esto.

El universo es tu maestro, los bosques son tus maestros. Sabrás cuando no aprendes nada, porque no aprender se castiga con el aburrimiento. Si desarrollas el más mínimo destello de sensibilidad, el universo cobrará vida dentro de ti.

Piensa en cómo, durante miles de millones de años, la presencia de la bola de fuego inundó la Tierra. Allí estaba, a cada instante, ocupando todo el planeta, y sólo ahora tenemos la sensibilidad necesaria para saber apreciarlo.

Estamos maravillados ante la presencia desbordante del universo, por su propia belleza. Lleno el mundo de todas las cosas que existen, sólo hay que esperar a que desarrollemos la sensibilidad para poder responder a ellas. Vivir como un ser humano maduro es volver a lo conocido, y nuestro hogar es pura fascinación.

TIERRA

THOMAS: Ahora podemos hablar de la tierra, del suelo, de las rocas, de las montañas, de los continentes y de los elementos; es decir, de la materia. En concreto, quiero hablarte acerca de la capacidad de la Tierra para evocar, reconectar, recordar. El cosmos recuerda de una manera muy peculiar, y esto lo podemos ver muy claramente en la Tierra.

Los elementos son una instantánea. Nos presentan el trabajo de las supernovas hace miles de millones de años. Y esto es mucho decir cuando tenemos dificultades para recordar nuestro número de teléfono. Pero la estructura de los elementos se ha mantenido y conservado a lo largo de todos estos eones. Los elementos nos muestran la forma original que tenían en el instante en el que aparecieron en el universo.

La corteza de la Tierra es un verdadero libro que nos cuenta la historia de la vida, especialmente de los últimos seiscientos millones de años. Los gneises de Groenlandia nos muestran a través de su estructura cristalina lo que ocurrió en la Tierra hace cuatro mil millones de años, cuando apenas estaba abandonando su estado fluido. El desplazamiento de los continentes, el choque entre ellos y la aparición de los océanos sobre la roca esponjosa del manto han quedado registrados en las cadenas montañosas, los mares y los cráteres que dejaron las colisiones.

El cosmos desea recordar, aunque no siempre lo consigue. En la Tierra, esta dinámica cósmica de la memoria ha tenido éxito y ha logrado registrar tal diversidad de recuerdos que incluso los seres bípedos, agobiados por enfermedades y preocupaciones fiscales, han conseguido descifrar el gran relato cósmico de las estructuras de las rocas.

JOVEN: Entonces, ¿cómo es que hemos fracasado a la hora de desarrollar la dinámica cósmica de la memoria?

THOMAS: Para empezar, nuestro concepto del recuerdo es antropocéntrico. Nos hemos limitado innecesariamente.

JOVEN: ¿Qué quieres decir?

THOMAS: Tus brazos no son más que recuerdo convertido en carne, músculos y huesos. ¿Entiendes lo que quiero decir?

JOVEN: No.

THOMAS: Piensa en las cabras montesas. Estos animales son capaces de mantenerse de pie al borde de una roca en medio del viento y de la lluvia. Sus pezuñas, en especial la parte externa que rodea la almohadilla, les permite aferrarse a las rocas como si fueran alicates.

Hay que tener en cuenta que para que desarrollaran esta capacidad se necesitaron millones de años. Los antepasados de las cabras montesas que conocemos vivían en las montañas, tratando de adaptarse a su relieve, a la fuerza de gravedad y a todo lo demás. Las formas que les han permitido adaptarse a las montañas son un mecanismo de supervivencia, que es el resultado de todos los experimentos anteriores. Las pezuñas de las cabras son la memoria viviente de su árbol genealógico. No son el resultado de un accidente, sino que se han ido desarrollando gracias a la experiencia acumulada por millones de cabras.

La clave es que la materia recuerda la elegancia de la pezuña. La secuencia genética que hizo posible esa pezuña se convirtió en un rasgo genético dominante, transmitido a todos los miembros de la especie. Así pues, quizás ahora entiendas lo que quiero decir cuando digo que la pezuña está llena de recuerdos del pasado. Desde este punto de vista, la pezuña *es* esos recuerdos.

JOVEN: ¿Y qué tiene que ver eso con los seres humanos?

THOMAS: Igual que la pezuña, el cuerpo de los seres humanos también es recuerdo. ¡Piensa en todas las criaturas que forman parte de tu árbol genealógico y cuyas vidas fueron necesarias para que hoy tengamos dedos! Cuando mueves una mano, activas todos los experimentos que han hecho posible esa mano. Ante ti está almacenada toda la historia de los grandes eventos del universo: la experimentación biológica, la explosión de la supernova, todos los momentos importantes que han sucedido en los últimos catorce mil millones de años.

JOVEN: Pero ¿quién recuerda?

THOMAS: La materia. La materia a través de las moléculas. La secuencia de moléculas que constituye nuestro ADN es una secuencia de recuerdos. ¿Ves cómo la dinámica cósmica de la memoria depende de un evento particular para manifestarse? No podemos *ver* la dinámica de la memoria, como tampoco podemos *oír* la dinámica de la atracción; sólo podemos mirar con asombro la secuencia genética de moléculas capturada –recordada– por el ADN en todas las células.

JOVEN: ¿Y para qué sirve el recuerdo?

THOMAS: Estamos investigando esos poderes del universo necesarios para su creatividad, su capacidad de producir hechos asombrosos. El universo recuerda para poder beneficiarse de todo el trabajo y la conciencia de los seres que nos precedieron. ¿Por qué tendría que olvidar instantes de extraordinaria belleza cósmica, geológica o biológica? Piensa en los millones de criaturas que han contribuido a la creación del ojo animal. ¡Menuda tragedia no reconocer su mérito!

JOVEN: Entonces, ¿cómo se desarrolla la capacidad de recordar en un sentido cósmico?

THOMAS: En primer lugar, piensa que recordar es una actividad. Es algo que el universo *hace*. Para el universo, el recuerdo es la manera que el pasado *actúa* en el presente. El universo no quiere despilfarrar nada. Si el pasado puede actuar en el presente, ¿por qué no dejar que actúe?

Piensa en un roble, por ejemplo. Los proto-robles surgieron hace doscientos cincuenta millones de años. Todo el trabajo, toda la búsqueda creativa, toda la paciencia y todo el sufrimiento que dieron vida a la creación del roble estaban presentes en la bellota que se convirtió en este enorme roble. Toda la historia está capturada en la bellota; cuando se entierra en el suelo, cuando recibe agua, cuando el aire lo rodea, el roble despliega toda la belleza encerrada en esa diminuta bellota. Piensa en todos los minerales que intervienen, que se mueven de un extremo a otro, mientras el árbol se desarrolla. ¿Qué guía todo este impulso, toda esta actividad? ¿Qué hace que crezca una rama aquí y no en otro lado? ¿Qué decide evitar un camino sin salida y, en vez de ello, elegir este curso de acontecimientos ya probado y de confianza? El árbol como un todo, porque el recuerdo pasado está allí, orientando, influyendo, eligiendo y determinando el crecimiento del todo. En ese sentido, el pasado está presente, trabajando activamente sobre el árbol en crecimiento.

Los humanos modernos no lo comprendemos. Contemplamos la historia como algo muerto y olvidado. Vivimos en el presente, sin darnos cuenta de cómo nos limita. En el mejor de los casos, creemos que la historia tiene seis mil años de antigüedad, y es algo que sólo implica a los seres humanos, algo irrelevante en su mayor parte. Estamos convencidos de que lo único que les interesaba a nuestros antepasados era ser como nosotros, y que fracasaron en su intento. Pensamos que, si pudieran, también se consagrarían al mundo de la tecnología, a la búsqueda de un producto nacional bruto cada vez mayor y a un mundo lleno de consumidores.

¿Te puedes imaginar lo que pasaría si el reino vegetal tratara de imitarnos? ¿Si pensara que las creaciones y las costumbres de sus antepasados son algo pasado de moda, superado, que no vale la pena recordar? Desdeñarían las plantas inferiores y sus fotosíntesis, tratarían de prescindir de la increíble y permanente proeza de aprovechar la luz del Sol. Si las plantas nos imitaran, todos los seres vivos del planeta desaparecerían en una semana. Por eso, la pregunta que nos debemos formular es qué pasaría si, por el contrario, tratáramos de imitar a las plantas. ¿Qué pasaría si empezáramos a pensar que los logros de nuestros antepasados son avances creativos permanentes, que nos han sido transmitidos para nuestro beneficio?

Para empezar, apreciamos a los pueblos tribales del planeta, tal como las plantas aprecian la fotosíntesis. Esos pueblos han vivido durante decenas de miles de años en armonía con el ritmo del planeta, desarrollando a lo largo de los años habilidades que no deberíamos perder en nuestra prisa por asfaltar la Tierra. Estos pueblos han establecido formas de relacionarse con las realidades fundamentales de este mundo y han desarrollado tradiciones que todavía perduran a pesar de todas las dificultades a las que se han tenido que enfrentar y que nos resultan casi inconcebibles. Han forjado ritos de iniciación para recordar que la Tierra es la única fuente y el único sostén de todas las formas de vida. Para desarrollar la dinámica de recordar a nivel cósmico tenemos que asimilar la sabiduría de todos los pueblos primitivos, que han acumulado unos conocimientos de los que no podemos prescindir, una sabiduría que jamás podríamos reproducir si llegáramos a perderla.

También debemos recordar los logros de las grandes civilizaciones clásicas, que son adquisiciones permanentes del planeta, tan esenciales e irremplazables como los procesos tribales. En el apogeo de las grandes civilizaciones clásicas, los seres humanos tenían presente el sentido de ser. Podrían hacer frente al extraordinario asombro que aún encontramos en todas las expresiones religiones y poéticas. Durante ese período los seres humanos comprendieron por primera vez, con una lucidez consciente muy desarrollada, el profundo significado del recuerdo cósmico, porque se dieron cuenta de que el universo apreciaba profundamente las creaciones del tiempo y que no se olvidaba jamás de la belleza. Los seres humanos de la civilización industrial nos hemos olvidado de todas estas visiones y eso nos hace sentir un miedo paralizante ante la muerte. En vez de dejarnos llevar por la alegría de vivir, nos preocupamos por trivialidades y nos sumergimos en pasatiempos frenéticos, en cualquier cosa que nos haga olvidar que estamos vivos, rodeados de vida, destinados a vivir en un deleite sin límites.

JOVEN: ¿Te refieres a esto cuando dices que negamos la dinámica cósmica cuando nos olvidamos del pasado, cuando pensamos que no lo necesitamos?

THOMAS: ¡Olvidar el pasado! Lo único que conseguiríamos si lo olvidáramos sería privarnos de un poder infinito. El universo quiere expresarse a través de los seres humanos, pero insistiendo en vivir al margen de nuestra verdadera herencia lo único que conseguimos es mutilarnos. Actuamos como un roble ignorante y testarudo que ignora el pasado y se empeña en crear sus propias hojas y formas. Algo imposible.

JOVEN: ¿Cuándo actuamos así?

THOMAS: Casi siempre. Lo ves incluso en las tareas más sencillas. Pongamos el comer, por ejemplo. Nuestra relación con la comida es totalmente equivocada. En vez de comer los alimentos naturales que la Tierra ha creado a lo largo de eones de sutil experimentación, ingerimos porquerías producidas por multinacionales que saben menos de la Tierra de lo que cabría en una cáscara de cacahuete, provocando cáncer, enfermedades cardíacas y todos los sufrimientos innecesarios asociados a toda esta locura. Tenemos que darnos cuenta de que, desde un punto de vista biológico, comer es recordar. ¿Por qué? Porque los alimentos contienen toda la información que necesita el cuerpo. A lo largo de centenares de millones de años, las especies han aprendido a alimentarse las unas a las otras. Y no se trata solamente de dar energía, sino de entregar las secuencias informadas de moléculas y aminoácidos necesarios para nuestro desarrollo epigenético. Nuestro cuerpo espera recibir un determinado abanico de alimentos. No basta con cualquier cosa. Se necesitan compuestos moleculares muy concretos, desarrollados a lo largo de millones de años de experimentación creativa.

JOVEN: Pero ¿en qué sentido comer es recordar?

THOMAS: Muchos de nuestros patrones fisiológicos de actividad dependen de determinadas sustancias químicas complejas presentes en los alimentos naturales. El cuerpo recuerda su herencia ancestral a través de los procesos fisiológicos, y esta herencia exige determinados alimentos naturales para su recuerdo. Cuando comes cereales y legumbres, buenas verduras, buena carne, le permites al cuerpo recordar todo su potencial.

Es algo parecido a lo que pasa cuando hojeas un álbum de fotos antiguo. Las fotos te permiten evocar todo tipo de recuerdos, que hacen que el pasado cobre vida dentro de ti. Lo mismo pasa con la comida. Los alimentos reactivan determinados patrones de actividad. Si comprendiéramos que los alimentos son una forma de recordar, abandonaríamos los malos hábitos.

JOVEN: Entonces el recuerdo también incluye nuestros hábitos alimentarios. Comer es una forma de recordar. ¿Qué otras actividades ordinarias también son una forma de recordar?

THOMAS: El ejercicio. Hacer ejercicio significa reactivar. Cuando hacemos ejercicio, reactivamos los recuerdos del pasado. Nuestro cuerpo recuerda que hemos vivido en los árboles y en los bosques. Necesitamos reptar, trepar y correr para desarrollarnos intelectual, emocional y espiritualmente. No surgimos en un austero iceberg en un remoto planeta, sino en las particularidades de la Tierra y en sus bosques. Cuando recorremos las montañas, escalando y corriendo, nuestros cuerpos recuerdan estos patrones de comportamiento intrínsecamente arraigados en nuestro ser. Solemos creer que hacer ejercicio sólo sirve para perder peso, para eliminar la grasa sobrante, pero, en realidad, también ayuda al cuerpo a recordar su pasado, para que pueda expresar todas sus capacidades interrelacionadas de ser, pensamiento y reflexión.

Recordar es saber. Recordar los grandes hitos de la historia de la humanidad es conocerlos. Recordamos la inconmensurable creatividad de la historia de la Tierra cuando percibimos todas las sutilezas y complejidades, toda la coherencia de esos hechos extraordinarios. Desarrollar el poder de la memoria es ahondar en nuestro conocimiento. El problema con el término «conocimiento» es su connotación de conocimiento *autorreflexivo*. En realidad, hemos tergiversado el término, empleándolo en un contexto dual y antropocéntrico. Conocimiento es memoria; saber es recordar. Un ingeniero sabe construir puentes porque aplica aquellos procedimientos que han dado buenos resultados en el pasado. Esto nos demuestra que nuestro conocimiento también está presente en los reinos animal y vegetal.

Ahora ya puedes entender a qué me refiero cuando hablo de que necesitamos recordar el universo. Tenemos que estudiar la historia del cosmos, la historia de la Tierra, la historia de los seres humanos hasta que conozcamos sus formas esenciales. El que desconoce la historia del universo no se pone a la altura de su destino humano. Pero este conocimiento no es únicamente cerebral; conocer la historia de la vida incluye consumir alimentos naturales; conocer la historia de las civilizaciones humanas significa sentir los profundos conocimientos intuitivos que consiguieron, y conocer la historia del universo significa permitir que ese potente y numinoso pasado se manifieste en tu ser presente.

JOVEN: Esto es muy diferente de lo que me han enseñado. Nunca se me ocurrió estudiar historia de esta manera, para que el universo se manifestara en mí.

THOMAS: Ya me he dado cuenta. Pasar de una actitud en la que el ser humano es el centro de todo, a una orientación biocéntrica y cosmocéntrica en la que el universo y la Tierra son los principales referentes es *la* radical transformación en la que estamos implicados actualmente. Es disruptivo. Nos sentimos tan confundidos porque estamos habituados a olvidarnos de la Tierra y del cosmos para concentrarnos en el mundo de los seres humanos, pero cuando comienzas a adoptar una visión más amplia descubres una nueva libertad y una imagen de tu ser que da sentido a todos tus esfuerzos.

JOVEN: Pero es muy confuso, sobre todo cuando me pregunto por dónde empezar.

THOMAS: Recuerda la belleza y el asombro. Recuerda los increíbles logros de nuestro universo en desarrollo. Si quieres, puedes empezar por memorizar esta frase. Y empieza por lo más cercano. Recuerda los momentos de belleza que has experimentado. Reflexiona sobre tu propia vida. ¿Cuáles son los momentos más importantes que vale la pena recordar? Grábalos en tu cinturón, reprodúcelos en tapices, pinta símbolos en las paredes que te ayuden a recordarlos.

Describe en un párrafo cada instante importante de tu vida en este planeta. Esto te ayudará a vivir el presente. ¡Te empoderará! Trae al presente todos estos momentos de asombro, todas las dificultades, todo el aguante que has tenido, toda la nobleza que has demostrado, ya estarás recordando de la manera que hay que recordar.

Leonardo da Vinci comprendía el sentido de recordar. Si se sentía cautivado por el rostro de una persona, comenzaba a seguirla, durante todo un día si era necesario, observándola, estudiándola y dibujándola. No descansaba hasta que era capaz de reproducir el rostro sin mirarlo. Ése es el sentido de la expresión *aprender de memoria*. Leonardo conocía perfectamente el rostro, lo había esbozado en lo más profundo de su ser. Y era capaz de recordarlo porque se había identificado tan profundamente con esa belleza que el rostro terminaba expresándose a través de él. Cuando recordamos la belleza nos convertimos en esa belleza hecha presente.

JOVEN: ¿Qué pasa entonces con la maldad y la tristeza? ¿También hay que recordarlas?

THOMAS: Sí, pero de otra manera. Por lo general, recordamos para encender y mejorar la vida. Para lograrlo también tenemos que recordar el sufrimiento, el dolor y las dificultades. De hecho, el cuerpo recuerda los hechos dolorosos del pasado, aunque a menudo sólo sea inconscientemente. El cuerpo recuerda para que no repitamos los mismos errores en el futuro.

Por eso es tan importante recordar el mal, porque de allí surge el sentimiento de culpa. El universo hace todo lo posible para que le prestemos atención al pasado y lo recordemos, ya sea como individuos, como sociedad o como especie. Los errores del pasado nos persiguen hasta que los revisamos y los comprendemos claramente. Una vez comprendidos, desaparece el sentimiento de culpa; aprendemos la lección, superamos el *impasse* y de nuevo vuelve a surgir, renovada y efectiva, la espontaneidad de la actividad creativa.

Nuestra existencia como seres humanos no tendrá ningún sentido hasta que no involucremos a nuestras capacidades en esta importantísima tarea de recordar. Contamos con todos los medios necesarios para conseguirlo: las dinámicas que forjaron la bola de fuego y billones de estrellas también se manifiestan en nosotros, con la intensidad única y deslumbrante de esa épica de incomparables proporciones que es la realidad. Lo que finalmente descubrimos en nuestro apasionado recuerdo de las historias galáctica, terrestre, biológica y humana es que el estudio del universo es el estudio de uno mismo.

VIDA

THOMAS: Así como el mar representa la sensibilidad cósmica, la tierra representa el recuerdo cósmico. Ahora vamos a hablar de los organismos vivos. Dime qué es lo primero que te viene a la cabeza cuando piensas en la vida.

JOVEN: Es fácil: la muerte.

THOMAS: ¿Esto es lo primero que te viene a la mente?

JOVEN: Sí, porque todo lo que nace tiene que morir.

THOMAS: No necesariamente es así.

JOVEN: ¿Por qué?

THOMAS: Algunos seres no mueren. De hecho, durante dos mil millones de años los organismos vivos de la Tierra no tuvieron la muerte como un fin inevitable.

JOVEN: No lo entiendo.

THOMAS: Durante miles de millones de años, la muerte no era una necesidad biológica. Nada moría «de manera natural». Las primeras criaturas podían desaparecer porque las mataban, porque eran aplastadas o porque morían de hambre, pero lo que nosotros entendemos por muerte no era algo inevitable.

Joven: O sea que vivían eternamente.

Thomas: Sí, si se daban las condiciones adecuadas. Así son las bacterias que existen actualmente. De hecho, los procariotas que viven ahora en la Tierra podrían haber existido en el momento mismo del surgimiento de la vida; algunos pueden tener hasta cuatro mil millones de años. No lo sabemos, pero es posible. Lo que quiero decir es que la muerte es un invento de la creatividad evolutiva. La vida no implica que la muerte sea inevitable. Al principio, la muerte simplemente no era necesaria.

Joven: ¡Fue un pésimo invento!

Thomas: ¿Estás desilusionado?

Joven: ¿Y no podríamos volver a la primitiva forma de vida?

Thomas: ¿Querrías volver?

Joven: Por supuesto que sí.

Thomas: Así pues, ¿piensas que el universo se equivocó cuando convirtió la muerte en algo inevitable?

Joven: ¿Y qué hemos ganado con esto?

Thomas: Buena pregunta. ¿Por qué la vida crearía la muerte biológica? Empecemos por el final: supongamos que eliminamos la muerte natural. Lo primero que pasaría sería la necesidad de eliminar la reproducción. Evidentemente, los seres humanos querrían seguir viviendo y, cuando los continentes estuvieran abarrotados de gente, no podríamos permitir la llegada de nadie más.

JOVEN: Me parece justo.

THOMAS: Quizás te parezca justo por un tiempo, pero ¿qué pasaría después de un millón de años? Los mismos viejos seres humanos y los mismos viejos animales arrastrándose por el planeta... sería aburridísimo. Lo malo es que la ansiedad por la muerte sería muchísimo peor, porque seguiría existiendo la posibilidad de morirse en un accidente, por ejemplo. Nadie se atrevería a dar un paso fuera de casa. ¿Por qué arriesgar una vida eterna en la Tierra por algo que sea mínimamente peligroso?

Hasta los animales acabarían dándose cuenta de eso y se esconderían en cuevas de las que no querrían salir. Quién sabe qué haríamos llevados por el miedo. Quizá hasta el Sol terminaría por darse cuenta, dejaría de arder, se apagaría y se encerraría en sí mismo para siempre.

Para evitar este callejón sin salida que es la inmovilidad paralizante, la vida ideó su mayor deseo y consecución: la novedad y la sorpresa. ¡Mira a tu alrededor cómo se expresa esa aventura que es la vida! Aventura, sorpresa, riesgo, excitación; éstos son los deseos fundamentales de la vida.

JOVEN: ¿No podríamos tener todo esto sin la desesperación de saber que nos vamos a morir?

THOMAS: Deja de ser egocéntrico. Vivir como una ardilla o un elefante no es doloroso, aunque ellos también terminarán muriendo. La ardilla y el elefante no se pasan todo el día dando vueltas con la cara larga, no se pasan la vida escribiendo novelas deprimentes sobre la angustia existencial ante la muerte ni, lo que es peor aún, contagiando a los demás un miedo miserable a la extinción.

No es difícil vivir como una secuoya majestuosa, como un cardo o como un delicado e incansable colibrí.

JOVEN: ¡Pero ellos no saben que se van a morir! ¿Por qué la vida no puede limitarse a los seres que ignoran que se van a morir?

THOMAS: Una excelente pregunta. ¿Por qué la vida ha creado seres que saben que se van a morir? Enfoquemos esta cuestión desde el punto de vista del cosmos emergente. Entonces, surge la pregunta: ¿de qué le sirve al cosmos en desarrollo incluir organismos concretos –los seres humanos– que son conscientes de su propia muerte? ¿Para qué hacernos tomar conciencia de nuestra muerte? Para darle más fuerza a la aventura de la vida, para subrayar el drama de cada instante. ¡El universo desea mostrarse! El universo es una muestra del misterio innombrable a partir del cual brilla el ser. ¿De qué otra manera podría el universo tomar conciencia de su increíble valor? ¿Cómo podría hacerlo si es a través de un espacio humano consciente de su propio fin individual? En la autorreflexión humana se puede sentir un destello del supremo valor de ser, pero no seríamos capaces de sentir esto si no fuera por nuestra conciencia de la muerte.

JOVEN: Y por eso tenemos que sufrir el dolor de saber que vamos a morir…

THOMAS: Sí, soy consciente de que es difícil. Es la tarea que tenemos encomendada como seres humanos y sufrimos enormemente por tener que ser conscientes de la increíble y frágil belleza de la vida. Pero nuestra reverencia es nuestro don hacia el universo. ¿Quién, excepto el ser humano, es capaz de reconocer la maravillosa y frágil belleza de una ballena surcando el mar? Los seres humanos somos los únicos capaces de sentir y apreciar la infinita importancia de la ballena que se sumerge en las aguas heladas, de valorarla por lo que es. Éste es nuestro don al mundo viviente, verlo, sentir el momento, hablar de él, el celebrar su autenticidad. Se podría decir que ser ballena es fácil. La ballena no tiene la angustia de la conciencia autorreflexiva de su muerte inminente.

Pero tampoco es capaz de apreciar su propia belleza, su efímera magnificencia; y eso es lo que tienen que hacer los seres humanos, porque de lo contrario nuestro sufrimiento es en vano.

JOVEN: Pero de todos modos nos morimos y dejamos de sentir. Dejamos de apreciar la belleza y el valor inapreciable de la ballena.

THOMAS: Sí, así es, tarde o temprano

JOVEN: Eso es lo que estoy diciendo.

111

Thomas: No puedes dejar de pensar en lo temporal. Pero el tiempo no es la plenitud del ser. Hay existencia y hay vacío, y ambos son realidades innegables. Es cierto que lo eterno, lo que trasciende a los fenómenos, se muestra en el tiempo, así como la dinámica del cosmos se expresa en hechos concretos, pero lo invisible también es real.

Joven: ¿Y dónde queda entonces la belleza de la ballena?

Thomas: Captada, admirada, recordada. El universo no pierde nada de valor. ¡Relájate! De todos modos, no te puedes apropiar de la belleza, por mucho que te esfuerces. Haz lo que tengas que hacer, que el cosmos hará lo que tiene que hacer.

Joven: Odio saber que voy a desaparecer con la muerte.

Thomas: Si sorprendes al mundo con tu vida, el mundo te sorprenderá con la muerte. No pienses en la muerte como extinción; especulaciones tan poco inspiradas son simplemente demasiados prosaicas para ser verdad. Tu aburrida imaginación insulta a la grandiosidad y la asombrosa maravilla del universo. No pasa nada que seas inmaduro, pero no proyectes tus ideas sin fundamento en el universo. ¿Ayer no sabías nada de la bola de fuego primigenia ni de la sorprendente dinámica del desarrollo de una estrella, y ahora te sientes autorizado a decir que el universo se ha equivocado creando la muerte?

Acepta la muerte, en vez de huir de ella o de reprimir el miedo que te provoca. Te hará bien.

JOVEN: ¿Cómo?

THOMAS: Ayudándote a mostrarte. Precisamente porque eres consciente de que la vida tiene un límite, no te queda otra alternativa que expresar lo que está dentro de ti; ésta es la única oportunidad que tienes para mostrarte. No puedes reprimirte ni esconderte en una caverna; no puedes desperdiciar el tiempo en un trabajo sin sentido, saturando tu vida de trivialidades; el drama de la historia cósmica no te lo permitiría. La suprema insistencia de la vida es lograr que te involucres en la aventura de crearte a ti mismo. Cada instante de tu vida ha tenido un sentido insondable; todo depende de tu autocreatividad, porque de ti surge la realidad última. Las dinámicas que dieron origen a las estrellas se manifiestan ahora en tu conciencia autorreflexiva y lo que crean ahora es tu aventura sin límites, tu sorpresa ante el universo.

En efecto, la muerte es aterradora. No la menosprecies. No intentes quitarle importancia. No proyectes sobre ella tus insignificantes ideas, sino que utiliza la conciencia de la muerte como utilizarías un combustible o una lámpara, como un guía único que te guiará hasta los rincones más desconocidos y misteriosos de tu ser, para que puedas expresar lo que realmente eres. Tu creatividad necesita tu conciencia de la muerte como combustible del mismo modo que tus músculos necesitan ejercicios difíciles y prolongados. Aprecia tu conciencia de la muerte, porque es un don que te ofrece el universo. Si no tuvieras esta forma de ver el significado infinito de cada instante, ¿qué te obligaría a vivir?

Lo que resulta especialmente apasionante del tiempo en el que vivimos es la visión de la extinción de las especies y del planeta en su conjunto. Sí, es algo horroroso, espantoso, aterrador, pero eso es precisamente lo que nos hace expresar la riqueza más profunda que tenemos. No podemos seguir viviendo con los parámetros de antes, porque sabemos que tenemos la obligación de hacer algo, de crear, de lograr un cambio radical de las cosas. La visión aterradora de una Tierra moribunda es alimento para la psique del ser humano. Nos da la energía que necesitamos para reinventarnos en la mente y el corazón del planeta. Ahora comenzamos a dar los primeros pasos en la dimensión planetaria y cósmica de ser, dejando atrás el antropocentrismo de la época moderna e integrándonos en el universo cosmocéntrico en pleno desarrollo.

JOVEN: Pero ¿qué significa convertirse en la mente y el corazón del planeta?

THOMAS: Significa vivir sabiendo que las fuerzas que han originado la Tierra toman conciencia de sí mismas a través de nosotros. Por eso hemos estado hablando del cielo estrellado, del mar y de la tierra. Porque todos son manifestaciones de las fuerzas cósmicas que somos y que podemos llegar a ser. Nuestra vida debería ser una constante atracción y

un constante recordar, una sensibilidad resplandeciente. Y esto significa que en los organismos vivos
la dinámica cósmica se convierte en sorpresa y aventura. Llámalo juego si quieres, un juego lleno de
aventuras y sorpresas. Esto es lo que nos revela la
vida, esto lo que la vida *es*.

JOVEN: ¿Y esto es en lo que tenemos que convertirnos?

THOMAS: Sí. Pero de nuevo debemos tener presente
algo muy importante. La insistencia de que nos dejemos llevar por el juego aventurero no es únicamente nuestra insistencia: el universo también in-
siste. Como en todos los casos que hemos visto, el
universo ha creado nuestro espíritu aventurero como la última extravagancia de una larga historia de
despliegue del juego. Cuando lo mejoramos, traba-
jamos a favor de la dinámica cósmica. ¿Me entiendes ahora?

JOVEN: Entonces estamos mejorando el movimiento
del universo…

THOMAS: Sí. La vida ha sido sorprendente desde el principio. Los primeros organismos vivos se desarrollaron
a través de formas novedosas surgidas al azar.

Hablamos de mutaciones genéticas al azar, lo
que significa que no hay ningún mecanismo que
controle el proceso. Los genes muestran una abso-
luta libertad. Nada podría predecir el resultado antes de la aparición de una nueva forma de vida.

Esa actividad libre mejoró más todavía con la
aparición de la recombinación sexual, que permite

un abanico muy amplio de combinaciones entre unidades complejas en lugar de sólo unidades individuales. El juego aventurero de los organismos vivos permitió la desconcertante y sublime diversidad de los últimos quinientos millones de años. Toda esta profusión de ser y de belleza es el resultado del juego, del riesgo, de la sorpresa. La creación de nuevas formas de vida no está predeterminada, sino que es consecuencia de la intrínseca libertad de la vida.

Pero la manifestación del juego no se limita únicamente a la actividad en el plano genético. Los organismos vivos, sobre todo los más jóvenes de cada especie, juegan constantemente. En los mamíferos hay diferencias muy marcadas entre las crías y los animales viejos, no sólo anatómicas sino también comportamentales, y en este último sentido la mayor diferencia es la capacidad de jugar y la inclinación al juego. Las crías se comportan en el sistema de vida de la Tierra como si hubieran sido creadas sólo para jugar. Exploran, no conocen los límites, saltan sin motivo, se ponen de pie sobre las patas traseras y se zambullen en el agua cuando algo desconocido y extraño les despierta la curiosidad. Con su actitud nos muestran la esencia del misterio de la vida: la necesidad y la posibilidad de desarrollar el juego de aventura.

Ahora consideremos cómo encaja el ser humano en todo esto. Los biólogos han descubierto que las diferencias genéticas dentro del orden de los primates son mínimas. Los chimpancés y los seres humanos comparten un 98 % de los genes, lo que no deja de ser un descubrimiento sorprendente si tenemos en cuenta las enormes diferencias que existen entre ambas especies. Pero ¿cuál es la diferencia esencial? ¿Qué línea se ha cruzado para que surgiera el ser humano en un determinado momento y no antes? ¿El tamaño del cerebro? Actualmente se considera que la principal diferencia entre el ser humano y los demás primates es la capacidad del primero para hacer del juego su actividad más importante a lo largo de toda la vida. La especie humana es la única que ha convertido la exploración, los descubrimientos sorprendentes, la experimentación y, sobre todo, el aprendizaje en las actividades centrales de su vida.

Se podría decir que la especie humana es el «niño» de la Tierra. Esto es especialmente evidente cuando examinamos la anatomía de los demás primates. La cabeza de un chimpancé recién nacido es muy parecida a la de un bebé, tanto por su forma como por su tamaño, pero la cabeza de un chimpancé adulto muestra diferencias significativas. La cabeza del ser humano sigue siendo muy similar a la de un bebé, sólo que más grande. De hecho, la de un chimpancé pequeño se parece más a la de un adulto de la especie humana que a la de un chimpancé adulto. Esta dinámica, en la que se conservan las características de los jóvenes en las etapas posteriores, se conoce como neotenia. Esta característica nos permite empezar a ver al ser humano como un niño eterno. Los primeros tipos humanos eran primates jóvenes que no «dejaron» su juventud. No sólo las formas juveniles seguían manifestándose en los cuerpos adultos, sino que además seguían teniendo comportamientos juveniles. Así pues, el gran logro de la forma humana fue la consecución de una forma madura de niño, una forma que, al llegar a la edad adulta, podía continuar dedicándose a una vida plena de juego de aventura.

Quizá esto te ayude a comprender lo que quiero decir cuando sostengo que la vida se empeña en que desarrollemos la dinámica cósmica del juego de aventura.

JOVEN: Y si no lo hacemos, de nuevo estamos impidiendo que se manifieste la vida, ¿no?

THOMAS: Claro, ése es nuestro *impasse* como especie. Lo podríamos decir de esta manera: cada especie tiene su propio hábitat, ese lugar en el que puede florecer. Si no lo encuentra, es incapaz de evocar todo su potencial. Una especie privada de ese medio se extingue y eso es lo que vemos ahora por todas partes. ¿Cuál es el verdadero hábitat de los seres humanos? El *juego de aventura*. Un ser humano privado de este hábitat de aventura, de asombro y de juego pierde la posibilidad de convertirse en un auténtico ser humano.

La angustia que sentimos hoy en día nace de nuestra incapacidad de reconocer nuestro verdadero talento. Creemos que nuestro deber es convertirnos en constantes consumidores en una enorme sociedad de consumo que se extiende por todo el planeta. Pero esto no nos satisface y terminamos por destruir los oasis de vegetación que quedan en el mundo. Hemos intentado vivir como apéndices de nuestras máquinas, pero con eso sólo hemos descubierto que nos sentimos absolutamente inútiles en medio del dolor y del ruido. ¿Qué otra cosa podríamos haber esperado, intentando vivir fuera de nuestro hábitat? ¿Una ballena puede vivir rodeada de ácido clorhídrico? ¿Un roble puede enraizar en un pozo de alquitrán? Lograremos avanzar hacia nuestro destino cuando comprendamos que debemos vivir en un juego de aventura.

JOVEN: ¿Qué significaría esto en la práctica?

THOMAS: Quién sabe ¡Esto es lo mejor de todo! No podemos recurrir a otras especies y preguntarles. ¡Ésa es la clave! La aventura es una aventura en lo desconocido. El auténtico juego no tiene definición ni dirección predeterminada. Lo que tenemos que hacer es explorar, aprender tanto como podamos, experimentar y, sobre todo, reír. El humor siempre es un reflejo del juego de aventura: es posible que una buena carcajada sea la expresión más auténtica del ser humano.

Pero no te pongas triste por no saber que nuestro destino como juego cósmico se vuelve autorreflexivamente consciente. Confía en todo el proceso cósmico. Lleva catorce mil millones de años funcionando; créeme, tienes todo lo que se necesita para hacer el trabajo. Piensa en el enorme esfuerzo que tuvieron que hacer todos los organismos vivos para que finalmente apareciera la especie humana, el niño por excelencia del planeta. Ellos ya hicieron su trabajo; ¡ahora te toca a ti! Sumérgete en el trabajo de vivir como sorpresa tomar conciencia de sí mismo. Eres la esencia de la sorpresa, el corazón y el núcleo del juego. Muéstrate con la mayor transparencia que puedas, porque te hará brillar con la libertad y la diversión y la fecundidad del juego creativo.

Decir que el juego es esencial par a la especie humana es corroborar aquello que científicos creativos, artistas y grandes santos han entendido como básico en sus propias actividades. El juego, la fantasía, la imaginación y la exploración sin límites de nuevas posibilidades son las fuerzas más poderosas que mueven al ser humano. El desarrollo de la Tierra depende del desarrollo del ser humano en su destino como autorretrato del juego de aventura. ¿Quién lo puede saber? Quizás todas las demás especies también tengan la capacidad de entregarse a una exploración lúdica profunda de nuevas relaciones y sólo estén esperando a que nosotros empecemos a hacerlo. Tal vez todo el mundo natural no sea más que una enorme fiesta, un festival, y nosotros, el champán tanto tiempo esperado.

FUEGO

JOVEN: ¿Sabes que mientras te estaba escuchando me he dado cuenta de algo muy raro? Estaba entusiasmado y tenía ganas de convertirme en Maestro del Juego. Ni siquiera sé qué es eso, pero se me ha ocurrido que sería maravilloso que en alguna parte del mundo hubiera escuelas en la que nos enseñaran a convertirnos en verdaderos maestros del arte del juego.

Lo más extraño es que esta idea no me ha parecido extraña. ¿Lo entiendes? Nunca se me había ocurrido nada parecido y si alguien me lo hubiera propuesto habría pensado que estaba loco, pero de verdad que lo he pensado en serio. ¿No te parece extraño?

THOMAS: ¿Qué? ¿Que se te ocurriera la idea de convertirte en Maestro del Juego?

JOVEN: ¡No, no! Déjame explicarme. Quiero decir que quién era el verdadero yo. Si el que pensaba que era una locura o el que ahora piensa que tal vez podría ser...

Thomas: ¿Que cuál de los dos es tu verdadero yo?

Joven: Eso mismo.

Thomas: Lo extraño es que tu verdadero yo no coincide nunca con lo que se te ocurre o lo que sientes. Por mucho que creas conocerte, nunca vas a saber quién eres realmente. Nos pasamos la vida creando imágenes de lo que somos, pero sólo son imágenes.

A ver, piensa un momento. ¿Si supieras quién es este yo, quién lo sabría? Algo que está más allá del hablar y el entender.

Joven: No te entiendo.

Thomas: Tu yo es una actividad organizadora. No es lo organizado y definido. Acabas de decirme que se te ha ocurrido la idea de convertirte en Maestro del Juego. Bueno, esta nueva síntesis la ofrece la actividad autoorganizadora que eres. El yo no se puede definir con palabras, ni a través de ideas, imágenes ni creaciones. Por el contrario, el yo es el hacer todas estas cosas, el poder de crear todas estas cosas.

Lo que tenemos que hacer es mirar el universo como un todo, examinar al yo en el contexto del universo emergente. De ahí podemos saltar a otra de las dinámicas cósmicas, una que se revela mejor en presencia del fuego.

¿Qué es el fuego? Piensa en una vela encendida. Piensa en el etéreo humo negruzco que sale de la llama amarilla anaranjada; en la mecha, blanca en la base y negra en la punta; en la cera, líquida en la parte superior de la vela, sólida más abajo y gaseosa

122

alrededor de la mecha. ¿Qué es la llama? ¿La luz que se proyecta en todas las direcciones? ¿La cera cuando se mezcla con el oxígeno? ¿Los productos químicos que resultan de esta mezcla?

JOVEN: ¿No se podría decir sencillamente que la luz es todas estas cosas juntas?

THOMAS: No, no exactamente. Todas estas cosas muestran la actividad de la llama. Pero piensa esto. Si modifico el grosor de la mecha y la composición de la cera, el resultado cambia. El color, la temperatura y los gases cambiarán. Pero seguiremos reconociendo una llama. La llama estructura todos los diferentes materiales en un proceso constante. La llama es la imagen de una actividad organizadora invisible.

Podríamos decir que la llama es esa actividad organizadora que se muestra organizando materiales de una manera. Si cambian los elementos, las condiciones cambian, pero la llama sigue mostrándose con estos nuevos materiales. La llama es una actividad, una fuerza autoorganizadora que surge espontáneamente y se manifiesta siempre que puede.

Tú eres como una llama. Estás en el universo y cuando se dan las condiciones adecuadas (comida, aire, belleza, interés, una promesa de aventura) apareces tú de repente. Te muestras a través de la forma que organizas los elementos que componen tu mundo: tus ideas y sentimientos, tu cuerpo, tus relaciones con los demás. No eres sólo lo que haces y los principios por los que te riges, las convicciones que tienes. Eres lo que le da forma a todo eso. Eres la fuerza que crea la compleja obra de arte de tu vida, tu manifestación en el mundo.

JOVEN: Entonces, ¿se podría decir que la actividad autoorganizadora es otra fuerza cósmica?

THOMAS: En efecto.

JOVEN: ¿Y se encuentra sobre todo en los animales superiores?

THOMAS: La encontramos en todas partes; por eso es por lo que la llamamos dinámica *cósmica*, por eso elijo el fuego para referirme a esta dinámica. Cuando estamos ante una llama, estamos ante una actividad organizadora invisible.

JOVEN: ¿Y hay otros ejemplos de esto?

THOMAS: Por supuesto. Un tornado es una presencia extremadamente poderosa de una actividad autoorganizadora. El tornado no se detiene ante nada, ni ante un desierto, ni un campo ni el océano. Organiza elementos de todo tipo y los convierte en el fenómeno que conocemos como un tornado. Se resiste a todas las fuerzas que intentan detenerlo, así como tú te opones a todas las fuerzas que intentan destruirte. Un tornado, una llama y tú: procesos organizados en los que las partes forman un todo, y el propio todo está involucrado en esta actividad persistente.

JOVEN: Estás hablando del tornado como si tuviera un yo.

THOMAS: ¿Qué es un yo?

JOVEN: *Yo* soy. Soy consciente de lo que hago.

THOMAS: Tú eres consciente de ti mismo, de acuerdo, pero no pasa lo mismo con un bebé de dos de semanas y, sin embargo, miramos al bebé como un yo.

JOVEN: ¿Qué es un yo, entonces?

THOMAS: Algo invisible que da forma. Quizá la palabra «yo» no sea la más adecuada para definir esta actividad, pero debemos tener presentes todos los centros de actividad autónomos que nos rodean. Una llama es una forma invisible, como un tornado. Ambos expresan una dinámica fundamental del universo a la que no solemos prestar atención.

Por eso prefiero pensar que la llama es un yo. Un árbol es un yo, es más forma invisible que hojas y corteza, raíces, celulosa y frutos. El árbol, como un yo, organiza millones de operaciones para que pueda relacionarse con el aire, con la lluvia, con la luz del Sol. ¿Quién organiza todos estos materiales? ¿Una presencia visible? ¿Algo concreto? No. Y lo mismo pasa con los seres humanos. ¿Quién ha organizado tus pensamientos para que de repente se te ocurriera convertirte en un Maestro del Juego? No podemos señalar nada físico y decir «¡Allí está el yo!». Lo mismo se podría decir de la actividad de los árboles y de los seres humanos. Y eso significa que tenemos que dialogar con los árboles. Tenemos que dialogar con todas las cosas y aceptar que estamos ante un misterio numinoso. ¿Quién da forma al árbol? ¿Quién da forma a mis pensamientos? Estamos ante el misterio del yo.

JOVEN: Pero el árbol no sabe que estoy dialogando con él.

THOMAS: ¿Cómo lo sabes? En todo caso, lo que me preocupa no es el árbol. Estoy preocupado por los seres humanos. Tenemos que dialogar con el árbol y con todo. Los seres humanos somos los que nos olvidamos de lo fascinante, lo misterioso y lo sorprendente que es ser. Pensamos que los árboles nos dan leña, creemos que son madera contrachapada, suelos de madera sin encerar. Nos hemos convencido de que son materia inerte que pasa veinte años esperando a que llegue el momento de cortarla. Pero nos engañamos.

Tenemos que reconocer el misterio de la fuerza organizadora invisible. Un árbol tiene un destino único en el bosque, una vida y un propósito propios absolutamente ajenos a los intereses de los bípedos. El árbol está hecho por los elementos de la misma supernova que tú. Se fue a la deriva sin rumbo fijo junto contigo, mezclándose con los mismos elementos que componen tu cuerpo. Y ahora existe en forma de árbol, con sus propias esperanzas de que llegue la lluvia y la luz del Sol, y todo lo que le hace falta. El árbol sabe exactamente qué necesita y, si lo recibe, se lanza de lleno a la tarea de mostrar su presencia. Si no recibe lo que necesita, sufre, se seca y acaba muriendo.

JOVEN: No se me ocurre qué podría decirle a un árbol.

THOMAS: No le digas nada. Quédate callado cuando estés delante de un árbol. Quédate frente a él y piensa: «Ahí estás, árbol. Creciendo, desarrollándote, disfrutando de la lluvia, del Sol y de la Tierra. No sé cómo es tu vida, cómo pasas toda una noche rodeado de nieve y de búhos que rascan la corteza, ni cómo absorbes toneladas de luz. Ni siquiera sé cómo esperas que salga el Sol o qué sientes cuando, indefenso, un incendio avanza hacia ti y no puedes huir. Ni siquiera me imagino la alegría que sientes cuando brilla el Sol y la vida se manifiesta de mil maneras en ti, mientras emites toneladas de agua y produces semillas tan complejas.

»Pero sea cual sea tu destino, quiero que sigas viviendo. Sea cual sea tu relación con la vitalidad de la Tierra, quiero que sigas disfrutándola. No sé cuál será mi destino, ni qué relaciones disfrutaré en el futuro, pero juntos formamos parte de este enorme misterio que es la vida en la Tierra, y eso me basta por ahora».

Recuerda que el árbol no necesita dialogar. Eres tú quien necesita dialogar con el árbol. Tú eres el universo presionando por alcanzar la conciencia de sí mismo. Es tu tarea ser plenamente consciente de la existencia de los árboles, y de todo lo que es.

JOVEN: De acuerdo. Un ser humano es un yo, un árbol, una llama…

THOMAS: *Todas las cosas*. Fuera de la fuerza organizadora invisible no hay nada más. Piensa en los átomos. Nadie tiene que enseñarle a un electrón qué son los orbitales *s* y *p*. Cuando se dan las condiciones adecuadas, los electrones, los protones y los neutrones se combinan entre sí y producen helio. La fuerza organizadora invisible agrupa las partículas y crea con una comunidad estable, un átomo de helio o cualquier otro átomo. Si esos átomos sufren una serie de situaciones estresantes, se adaptan a ellas para seguir existiendo. Absorben o irradian energía, cambian y se organizan para poder perdurar. Eso es lo que hace un yo, se autoorganiza. Los átomos y las llamas, los tornados y los árboles, todos tienen una dinámica centrada, invisible, organizadora.

JOVEN: ¿Por qué nadie me dijo antes que el átomo tiene un yo?

THOMAS: Sabemos muy poco de los átomos. Newton decía que eran partículas sólidas e indivisibles. En el siglo XIX, Dalton planteó la posibilidad de que existieran los átomos como una forma de explicar distintos fenómenos. No ha sido hasta el siglo XX que hemos empezado a conocerlos mejor y, en las últimas décadas, nos hemos dejado llevar de tal manera por el fascinante dinamismo que hemos descubierto en ellos que nunca nos hemos detenido a reflexionar sobre la similitud que hay entre las fuerzas autoorganizadoras del átomo y, por ejemplo, las de un árbol.

Una situación similar ocurre con respecto a nuestra relación con la Tierra. Nunca habíamos tenido la oportunidad de estudiar empíricamente toda la Tierra. Sólo ahora empezamos a darnos cuenta de que la Tierra también es un yo. La Tierra es un proceso autoorganizado de extremada complejidad e increíbles logros. Para entenderlo, tenemos que mirarlo de cerca: cuanto más cerca estemos de comprender el dinamismo de la Tierra en su conjunto, más evidente nos parecerá que lo sucedido en cuatro mil quinientos miles de años de evolución terrestre es muy parecido a un proceso de embriogénesis de enormes proporciones. Algo se va desarrollando, eclosionando y desplegándose, y nosotros somos la conciencia y el corazón de todo este proceso numinoso.

JOVEN: Pero ¿qué hemos aprendido que demuestre que la Tierra es un yo?

THOMAS: Hemos aprendido, por ejemplo, que la Tierra se ha mantenido a la misma temperatura durante más de tres mil millones de años. Cuando digo «mantenido» me refiero a la misma fuerza autoorganizadora que le permite a la llama mantener su proceso, aunque las circunstancias que la rodean hayan cambiado. El calor de la Tierra proviene del Sol, pero éste no se ha mantenido siempre a la misma temperatura, sino que desde la aparición de la Tierra ha aumentado en un 25 %. La Tierra se ha adaptado a ese cambio, tal como un átomo, un árbol o una llama se adaptan a los cambios que se producen a su alrededor. La Tierra organiza sus materiales para mantenerse dentro del estrecho margen de condiciones que permiten que la vida se despliegue y se perpetúe.

JOVEN: ¿Cómo sabemos que la temperatura en la Tierra siempre se ha mantenido dentro de un margen estrecho?

THOMAS: El sistema cibernético de intercambio de energía que funciona en la Tierra es extremadamente sensible a cualquier variación de la temperatura. Una disminución de diez grados en la temperatura media de la Tierra daría lugar a unas condiciones que harían que ésta se convirtiera en un bloque de hielo.

JOVEN: Pero ¿por qué no podría pasar los mismo en Marte o en Júpiter?

THOMAS: ¡Lo han intentado! La evolución de Marte se prolongó durante millones de años. En un principio, su proceso fue muy similar al de la Tierra en muchos sentidos, pero no pudo seguir evolucionando y prácticamente ha dejado de hacerlo. El caso de Marte es muy parecido al de la llama: cuando se dan las condiciones adecuadas, puede aparecer una llama en cualquier rincón del universo. Basta cera, oxígeno y una mecha para que, bajo una presión y una temperatura adecuadas, se forme una llama. Lo mismo pasa con los planetas. La Tierra logró mantenerse dentro de un estrecho margen porque se formó en el lugar más adecuado y con los componentes más adecuados. Marte estuvo a punto de conseguirlo, pero no pudo reunir esas condiciones necesarias.

JOVEN: Es impresionante. Ahora entiendo a qué te refieres cuando hablas de la naturaleza de esta revolución.

THOMAS: Durante mucho tiempo creímos que la Tierra no era más que una enorme esfera de polvo inerte y nos sorprendió muchísimo descubrir que formábamos parte de algo que *se mueve*. Copérnico dijo que la Tierra se movía: se refería a que giraba alrededor del Sol. Cuando decimos que la Tierra se mueve, lo que estamos diciendo es que está viva. La Tierra se mueve. En una frase resumimos nuestra revolución cósmica.

JOVEN: Pero ¿cómo lo hace la Tierra? ¿Cómo se organiza? ¿Desde dónde actúa?

THOMAS: Desde tus atracciones, tus esperanzas, sobre todo desde tus sueños más profundos para el futuro.

JOVEN: Pero ¿cómo?

THOMAS: Todo el proceso está presente en cada criatura. Las dinámicas que crearon la bola de fuego primigenia y las galaxias son las mismas que se expresan a través de tus ideas y tus sueños. No son meras palabras; todo este sistema de vida y ser se manifiesta también en cada hecho que ocurre. Todo el proceso está presente en tu yo personal, en tus sueños y tus deseos personales. El macrocosmos no está desconectado del microcosmos.

JOVEN: Pero ¿cómo? No veo cómo ocurre esto.

THOMAS: Sería absolutamente imposible que en un abrir y cerrar de ojos entendieras esta imagen panorámica de la realidad. Durante siglos hemos sido educados en un punto de vista atomista que no permite comprender la presencia del todo en el individuo. Pero podemos considerar un ejemplo real de los procesos de la Tierra que nos dirigirá la atención en la dirección adecuada.

El contenido de oxígeno en la atmósfera es de casi el 21 % y ese porcentaje se ha mantenido constante durante más de mil millones de años. ¿Cómo? El proceso metabólico de los primeros microorganismos que habitaron el planeta, los procariotas, aportaba oxígeno a la atmósfera y lentamente fue aumentando su porcentaje. Si esos microorganismos hubieran seguido multiplicándose, obviamente, el contenido de oxígeno en la atmósfera habría sido mucho más alto, pero llegó un momento en que la concentración de oxígeno era demasiado elevada para ellos y dejaron de ser los organismos dominantes de la Tierra. Entonces se retiraron al fondo de las charcas o se escondieron dentro de otros seres vivos. Pero si estos procariotas no hubieran sido capaces de llegar hasta este punto, el contenido de oxígeno atmosférico sería mucho más bajo que el actual.

Lo interesante es que la actual concentración de oxígeno en la Tierra depende de la capacidad y las limitaciones genéticas de los procariotas. Nadie les dijo que dejaran de producir oxígeno cuando la concentración llegó a un determinado nivel. Siguieron viviendo en su deleite hasta que las condiciones se volvieron demasiado nocivas por sus propias limitaciones genéticas. Entonces, en los primeros eones de la Tierra, todos estos pequeños yoes se organizaron, y siguieron haciendo lo mismo sin ser conscientes de las consecuencias de sus actividades para la Tierra.

En el siglo XX, en cambio, hemos descubierto algo sobre el nivel de oxígeno atmosférico. Si la concentración de oxígeno aumentara unos pocos puntos porcentuales, bastaría con un solo relámpago para que un incendio arrasara bosques enteros, hasta todo un continente. Pero en cambio, si la concentración de oxígeno fuera significativamente inferior a la actual, no dispondríamos del importante suministro de energía potencial química que necesitan los animales más evolucionados. La Tierra creó una atmósfera que ha proporcionado el mayor potencial químico posible para la creación del reino animal, impidiendo al mismo tiempo que espontáneamente se produjeran incendios catastróficos para el planeta.

Es francamente impresionante, pero tenemos que pensar sobre todo en esos diminutos microorganismos capaces de producir oxígeno. ¿Cómo sabían que tenían que dejar de hacerlo? Los procariotas no tenían la menor idea de la macroestructura de la biosfera. Sólo percibían sus atracciones en medio de sus propias capacidades invisibles de organización. Pero todo el sistema de la Tierra estaba presente en el microorganismo. La macroestructura estaba presente en las limitaciones genéticas intrínsecas de su microestructura. ¿No te parece impresionante?

JOVEN: Pero ¿cómo se hizo esto? ¿Cómo lo hizo la Tierra...?

THOMAS: No lo sabemos. El pensar en términos de todo el sistema es tan nuevo para nosotros que, por ahora, sólo podemos suponer. Lo que quiero enfatizar es algo fascinante, la interconexión de todo el proceso en la Tierra. Los procariotas no estaban desvinculados de la atmósfera, ni de los organismos pluricelulares complejos ni de la Tierra como entidad autoorganizadora. Te propongo que adoptemos a los procariotas como mascota de la nueva era emergente. ¿Qué otros organismos podrían simbolizar mejor el intrincado y enorme misterio de la embriogénesis de la Tierra? ¿Qué organismo podría recordamos mejor que nuestros propios deseos tienen sus raíces en los deseos de la Tierra?

JOVEN: ¿Eso quiere decir que yo tendría que comportarme como un procariota?

THOMAS: ¡No lo digas tan despectivamente! ¡Ojalá pudiéramos emular algunos de los logros de los procariotas!

JOVEN: ¿En qué sentido?

THOMAS: Para empezar, sería maravilloso que pudiéramos contribuir con algo tan importante para la Tierra como el oxígeno. Todos los animales dependen de la creatividad de los procariotas. ¿Tú crees que el *Homo sapiens* podría hacer algo tan valioso o remotamente parecido a lo que hicieron nuestros diminutos primos microscópicos?

En segundo lugar, tenemos que dejamos llevar por nuestros deseos innatos con la confianza de que no están desconectados del proceso de la Tierra como un todo. Hace muy poco que hemos empezado a sentir un profundo rechazo por los excesos industriales de nuestra sociedad consumidora. Este rechazo tiene una raíz genética, igual que el cáncer y otras demás enfermedades de la era industrial. Nuestros rechazos y nuestras enfermedades son el medio que utiliza la Tierra para que nos concienciemos de lo que tenemos que hacer.

Y en tercer lugar, y más importante, tenemos que abrazar y respetar los sueños que nos inspira la Tierra. Con imaginación, estamos iniciando un período de reconstrucción, en el que la intercomunión de todas las especies orientará nuestras actividades vitales. Tenemos que entender que nuestros sueños no son sólo un producto de nuestro cerebro. Somos el cauce de los sueños de la Tierra. Somos la imaginación de la Tierra, ese reino incomparable donde las visiones y las esperanzas de organización pueden expresarse con una conciencia discriminatoria que, de otro modo, no estaría presente en el sistema de la Tierra.

Para convertimos en la mente y el corazón de la Tierra, tenemos que dejar que la Tierra rija todas las actividades con conciencia autorreflexiva. Nuestro destino superior es dejar que la Tierra se organice de una nueva manera, de una manera nunca vista, imposible de lograr en los miles de millones de años que precedieron a la aparición del ser humano. Quién sabe qué posibilidades se le abren a un planeta –y a su mente y su corazón– que ha logrado crear esta forma de vida infinitamente más rica y compleja que las anteriores.

VIENTO

THOMAS: La última dinámica cósmica es el viento. El viento se crea por el desplazamiento de masas de calor de un lugar a otro y el universo se expande de la misma manera: cuando contemplamos el cielo de noche, vemos que las galaxias se alejan de nosotros. Cuanto más lejos se encuentran, más rápido se mueven. Es la consecuencia es la explosión inicial de la bola de fuego primigenia, que se produjo cuando toda la materia era una sola masa incandescente y densa, que lleva catorce mil millones de años alejándose de su centro.

El viento refleja la dinámica cósmica de expansión a partir de un punto de alta concentración. Es la dinámica que crea los vientos en nuestro planeta y que en la macroestructura cósmica se manifiesta en la expansión del universo.

JOVEN: Y esta dinámica ¿se llama de alguna manera?

THOMAS: Se la suele conocer como la segunda ley de la termodinámica. Por ejemplo, si calientas el centro de una lámina de metal con un soplete, el calor se dispersa hacia los extremos a partir del centro. El calor no se concentra en un único punto. En el ámbito de las partículas elementales se da un fenómeno similar que se conoce como «principio de exclusión de Pauli»; algunas partículas elementales no se quedan apiladas las unas encima de las otras, sino que se separan y se convierten en distintos estados de ser. En el campo de la biología, este fenómeno ha sido definido por los etólogos como «comportamiento de dispersión» y consiste en que los jóvenes son expulsados del territorio ocupado por sus antecesores en una dispersión programada.

Todos estos términos son legado de nuestra fragmentación del mundo para estudiarlo desde distintos puntos de vista, un método analítico muy potente, pero que no ayuda a obtener una imagen coherente del todo. De manera similar, también fragmentamos la atracción: en el plano físico la llamamos «gravitación»; en el campo de la biología, «instinto», y a nivel humano, «interés».

JOVEN: ¿Cuál sería el término más adecuado para el ser humano? ¿Hay un término para referirse a la dinámica cósmica del viento?

THOMAS: Sí, exuberancia. Cuando estás enamorado, ¿no sientes una necesidad irrefrenable de expresar de alguna manera la alegría que sientes? Se podría decir que toda esa inspiración poética que sientes cuando estás enamorado es la expresión humana del mismo impulso que aleja a las galaxias de una región de alta concentración.

Podríamos referirnos a la dinámica cósmica como una actividad única llamada «celebración», pero en el sentido de «anunciación», como cuando hablamos de celebrar un descubrimiento científico. El término «celebración» expresa la dinámica esencial de una expansión a partir de un centro con novedades en ese centro. El movimiento básico es desde una región más rica en ser hacia una más pobre. Hubo un momento en que todos los elementos estaban concentrados en el núcleo de una estrella y desde allí salieron despedidos en todas direcciones hacia las regiones circundantes del espacio pobres en elementos.

Los leones nacen y se alimentan en un determinado punto de la llanura del Serengeti, y desde ahí se desplazan hacia zonas menos pobladas. Todas las creencias budistas se concentraron en una época en un determinado lugar del subcontinente indio, desde donde empezaron a ser transmitidas por hombres y mujeres que se trasladaron a la China y de allí se irradiaron hacia el Tíbet y todo el sudeste asiático. La superconcentración de ser se desarrolla y se expande de manera natural.

JOVEN: Una supernova es densa en elementos, lo entiendo. Y que para que haya viento debe haber una gran concentración de calor. ¿Qué tienen los seres humanos en forma tan concentrada?

Thomas: Ser. O, más sencillamente, el universo. Después de que una persona se haya empapado de la presencia de algo, simplemente hay más.

Joven: ¿Más universo?

Thomas: Sí. El universo está más intensamente presente, con ganas de explotar en una celebración de sí mismo. Cuando pasas varias horas en un bosque, adentrándote más y más en él, llega un momento en que la intensidad de tus sensaciones es incontenible. Exudas *bosque* allí por donde vayas, expreses o no lo que sientes. Sería absurdo tratar de reprimir esa efusión espontánea de ser, tan absurdo como tratar de detener el viento o evitar la expansión de las galaxias.

Tras retraerse y concentrarse en su plenitud, el ser estalla en una explosión de alegría. La artista crea obras de arte; los padres llenan de cariño a sus hijos.

Joven: ¡Me encanta! ¿Es una idea nueva?

Thomas: No precisamente. Lo que es nuevo es esta visión del ser como parte del relato cósmico de la creación. Pero la necesidad imperiosa de expresarse que tiene el ser ha sido reconocida de muchas maneras. Los teólogos clásicos hablaban del deseo ontológico del Ser Supremo de expresar bondad, de compartir y de crear vida de manera espontánea. Decían que el deseo humano de compartir la vida y el ser con otros era una manera de unirse al Ser Supremo, a la Realidad Divina.

JOVEN: Entonces, este deseo de compartir y de convertirse en una fuente de bondad es real, innato…, elemental. Es algo que se da incluso físicamente.

THOMAS: Es algo que está anclado en el universo, una dinámica del cosmos.

JOVEN: Así pues, ¿no tenemos que aprenderlo? ¿Este deseo de expresar bondad es natural, no es algo aprendido?

THOMAS: Sí, y es tan intenso que, quizá, el mejor ejemplo de la dinámica cósmica de la celebración sea la aparición del ser a partir de la nada. Recuerda que ya hemos visto que las partículas elementales surgían de la nada, el reino último de la generación. El vacío está lleno de la urgencia de ser. Lo que cuesta es expresarlo con palabras, porque cuando hablamos de vacío, no conseguimos evocar ni siquiera mínimamente su esencia asombrosa.

Podemos utilizar otra palabra: el fundamento del ser es la *generosidad*. La fuente última de todo, la base del ser, es la Generosidad Primordial. El ser en todas sus formas surge y brilla, luminoso, resplandeciente, porque la realidad fundamental del universo es la generosidad de ser. Por eso decimos que el ser surge del vacío, porque todo ha sido entregado al universo; todo se vierte desde el vacío, todo sale a borbotones porque la Generosidad Primordial no se queda nada.

JOVEN: Espera un momento, tengo que parar y pensar un poco. Tengo tantas preguntas por formular… A

141

ver, se supone que los seres humanos tendríamos que cultivar esa dinámica cósmica de celebración y generosidad, ¿no?

THOMAS: Es a partir de esta dinámica cósmica que hemos sido creados. Tenemos que *convertirnos* en celebración y generosidad, que han saltado a la autoconciencia. ¿Qué es el ser humano? Una abertura, un espacio en que el universo celebra su existencia.

JOVEN: Pero ¿cómo podemos desarrollarlo?

THOMAS: En cierto sentido, este poder es la máxima expresión de todos los demás. Recordar la belleza del universo, agudizar nuestra sensibilidad frente a la magnificencia de la Tierra, perseguir la atracción central de la vida, todo eso lleva a una superconcentración de ser y al deseo incontrolable de celebrarlo. La generosidad y la celebración revelan la presencia de todas las demás dinámicas, porque revelan la existencia del universo en toda su superabundancia.

JOVEN: ¿Qué tendría yo que celebrar?

THOMAS: Plantearte esa pregunta ya te debilita. No tienes que preguntarle a nadie qué tienes que celebrar ni por qué; la dinámica de celebración celebra, y ya está. El sacramento más importante del universo es la autoexpresión. Todo lo que deseas intensamente exige que lo expreses y lo dejes mostrarse. La alegría intensa nos exige cantar y bailar. No le preguntes a nadie qué tienes que celebrar; ¡no te lo preguntes ni siquiera a ti mismo! Deja que la celebración se exprese, que la generosidad de ser se manifieste. Simplemente.

Toma las supernovas como modelo. Cuando llegaron al punto en que estaban llenas de elementos, explotaron en una celebración de proporciones cósmicas de todo su trabajo. ¿Qué habrías hecho tú en su caso? ¿Hubieras tenido el coraje de inundar el universo con todas tus riquezas? ¿O te habrías convencido de no hacerlo diciéndote que no te atrevías? ¿Te habrías guardado todas tus riquezas insistiendo en que eran tuyas y de nadie más, y que los demás no las merecían porque no habían hecho ningún esfuerzo para conseguirlas? Piensa en la increíble generosidad y capacidad de celebración de ser de las supernovas. Nos recuerdan constantemente nuestro destino como celebración que toma autoconciencia. Somos la Generosidad de Ser en forma humana.

Eres una combinación de partículas elementales de la bola de fuego y elementos de las supernovas; y también eres la generosidad de donde surge el ser. Ésa es tu naturaleza fundamental, tu esencia. Nuestro deseo más profundo es compartir nuestras riquezas y la raíz de este deseo son las dinámicas cósmicas. Lo que empezó siendo expansión del universo en la bola de fuego ha madurado en tu deseo de inundarlo todo con tu bondad. Cuando sientes el deseo de compartir lo que tienes con todo el mundo es porque te has dejado llevar por la dinámica cósmica de celebración, por el deseo incontenible de expresarte, por el mismo deseo incontenible de expresarse que sintieron las estrellas. Nosotros *sabemos* que lo estamos sintiendo; las estrellas, en cambio, no lo saben, sino que simplemente lo sienten y se dejan llevar por la sensación.

JOVEN: Pero ¿cómo lo sabemos? Yo... ¿cómo puedo saber que vale la pena celebrar lo que tengo que celebrar?

THOMAS: ¡Toda canción tiene un gran valor! Aprende a cantar, aprende a considerar tu vida y tu trabajo como un canto del universo. ¡Baila! Considera tus actividades más ordinarias como un baile de las galaxias y de todos los seres vivos. Cuando reprimimos las expresiones de alegría que surgen simplemente de la alegría evitamos que se exprese la exuberancia del universo. ¡Imagínate impidiendo que una supernova se expresara! Pasa lo mismo con la capacidad de celebración, generosidad y creatividad de los seres humanos; los intentos de reprimirla provocan neurosis y destrucción.

Piensa en todos los niños que todavía no han nacido, en todas las generaciones futuras y todas las posibles especies que podrían aparecer. Todos ellos también querrían conocer la generosidad exuberante de ser. Dependen de esta generosidad para existir, del mismo modo que tú no podrías haber existido sin la generosidad que expresó la supernova hace cinco mil millones de años. Enamórate, empápate íntimamente de todo, explora todas las relaciones en el reino de la Tierra, persigue tus sueños y trata a todos los seres con bondad.

JOVEN: No sé si alegrarme o enojarme. Hay tanto que hacer; tengo tantas preguntas y tantos planes, y estoy seguro de que algunos se me van a olvidar. Sé que me voy a olvidar de muchos de ellos. ¿Podrías ayudarme a recordarlos?

THOMAS: Hemos hablado de seis fuerzas, ¿recuerdas? De la atracción, la sensibilidad, el recuerdo, el juego de aventura, la capacidad organizadora invisible y la celebración. No tienes que recordar muchas cosas.

JOVEN: No, es bastante sencillo.

THOMAS: Ya hemos visto cómo se nos muestran estas fuerzas. Hemos hablado del cielo nocturno y analizado la atracción. Hemos hablado de los mares y analizado la capacidad de absorción y asimilación, y la sensibilidad en general.

JOVEN: Sí, sí. Continúa.

THOMAS: Hemos visto cómo actúa la dinámica del recuerdo viendo cómo recuerda la Tierra. Hemos hablado de los organismos vivos y del juego de aventura, de la exploración, de la actividad libre, de la imaginación. ¿Recuerdas que hemos hablado del ser humano como el bebé del universo?

JOVEN: Sí, lo recuerdo.

THOMAS: Después hemos hablado de la llama, nos hemos preguntado por el sentido de ser y hemos visto en cada uno de ellos la presencia de una fuerza organizadora invisible. Y, para terminar, hemos hablado del viento y de la expansión de ser, de la dinámica de celebración. En resumen, hemos hablado del cielo nocturno, del mar, de la tierra, de los organismos vivos, del fuego y del viento. No es difícil acordarse de todo esto.

JOVEN: Sí, pero ahora tengo que memorizar dos listas.

THOMAS: Olvídalas. Pero antes tendrás que recordarlas con mucho cuidado para poder hacerlo. Quiero que mires al cielo de noche y que sientas intuitivamente la dinámica cósmica de la atracción. El cielo nocturno transmite constantemente una sola idea: la atracción. Eso es lo que tienes que aprender y después olvidar y después asimilar. Por haber nacido en una era antropocéntrica, te has fijado poquísimo en el cielo nocturno y ni siquiera sospechas que el cielo nocturno te muestra la dinámica esencial del cosmos.

También podrías establecer una relación con las montañas de tal manera que cuando las mires te hagan pensar en la dinámica cósmica del recuerdo. Las montañas y las rocas te gritan incesantemente: ¡RECUERDA! Cada vez que el agua corre por tu cuerpo, te recuerda la realidad de la sensibilidad del cosmos y que nuestro destino es ser la mente y el corazón del universo. Cuando el viento frío te pega en la cara, sientes cómo se manifiesta la generosidad y algo te recuerda la inmensa alegría y el destino de celebración. Y cada vez que sientes el calor del Sol en tus brazos, el Sol te recuerda la poderosa llama cósmica, la fuerza organizadora invisible que te atraviesa y te conecta con la embriogénesis de la Tierra.

Necesitamos un nuevo humano en una nueva Tierra, que cree y establezca nuevas relaciones con las realidades primordiales del universo. Es evidente que todos las dificultades de nuestra especie en este planeta se deben a nuestras falsas relaciones con el viento, con el mar, con la vida, con la luz del Sol y con la Tierra. No es que seamos malos; sencillamente es que hemos tratado de vivir sin establecer relaciones verdaderas con esas fuerzas cósmicas primordiales.

Pero, cuando te relaciones con todo el universo, descubrirás algo maravilloso: ¡que todas esas fuerzas están en ti, sin coste alguno! No dependen del color de tu piel, ni de tu religión ni de dónde hayas nacido. El desarrollo futuro de la comunidad de la Tierra depende de nuestra maduración como especie, pero eso es lo más natural que podría hacer el ser humano.

A veces caemos en la desilusión de que esas fuerzas están en otra parte, que pertenecen a otro grupo, que no podemos acceder a ellas. Nada más lejos de la realidad. Se manifiestan en todas partes y lo único que quiere el universo es que aparezca alguien dispuesto a abrazarlas. Pero, como las fuerzas de las dinámicas cósmicas son invisibles, tenemos que recordarnos constantemente su presencia universal. ¿Y quién nos lo recuerda? Los ríos, los valles, las galaxias, los huracanes, los relámpagos y todos nuestros compañeros terrestres vivos.

III
EL FINAL DE LA BOLA DE FUEGO

TRANSFORMACIÓN SOCIAL Y ACTIVIDAD GEOLÓGICA

JOVEN: ¡Pero no podemos hacerlo solos! ¡No podemos hacer este trabajo como individuos aislados!

THOMAS: Hay una parte que siempre se hace a solas. Pero tienes razón. La actividad global es la actividad de la Tierra como un todo, y esto incluye a los seres humanos. Estamos hablando de una empresa de enormes proporciones, que no sólo transforma a la civilización occidental, sino a todas las culturas. Esta monumental tarea es ni más ni menos que la reinvención de la especie humana.

JOVEN: Pero ¿quién va a organizar todo esto? ¿Quién lo dirigirá?

THOMAS: Ya está en marcha. La transformación de una sociedad empieza de manera espontánea, natural. La transformación social ya existía centenares de millones de años antes de que aparecieran los seres humanos. La transformación de la sociedad humana no es más que un proceso entre muchos otros. Para comprender mejor el cambio del que hablamos tenemos que tomar como contexto fundamental la historia de la Tierra y plantearnos preguntas sobre ello.

Un ecosistema es una sociedad. Tiene sus propias leyes y ciudadanos, sus propias interacciones establecidas, sus especies favoritas y sus especies secundarias. Según la definición del yo que hemos dado antes, la vida en general es como un yo, que organiza todo tipo de materiales, organismos vivos y energía en un proceso coherente y autosostenible.

Piensa en el ecosistema que había en el noreste de América del Norte hace trescientos cincuenta millones de años. La placa tectónica sobre la que descansa la masa terrestre de Europa presionaba contra la de América del Norte, y la presión de esta colisión «arrugó» la Tierra, elevando las cadenas montañosas que hoy conocemos como los Apalaches. ¿Por qué se encontraba aquí la placa europea y no separada de la americana por el océano Atlántico? Porque entonces no había un océano entremedio. Y durante otros ciento cincuenta millones de años más no hubo nada que se le pareciera.

La Tierra evoluciona, y lo mismo pasa con la vida y las estrellas. La evolución de la Tierra también se manifiesta con el movimiento de los continentes por encima de su superficie. Los continentes colisionan, se levantan cadenas montañosas, se unen durante un tiempo y luego se alejan en nuevas direcciones, creando nuevos océanos.

JOVEN: ¿Los continentes se mueven?

THOMAS: Los continentes flotan sobre el manto terrestre, que se mueve muy lentamente. La Tierra tiene el tamaño perfecto para que las masas rocosas de su interior se mantengan en un estado casi líquido. De hecho, los continentes flotan y se alejan entre sí con una paciencia cósmica.

Las montañas se forman tan lentamente que el ecosistema puede adaptarse a los cambios. Cuando cambian las condiciones climáticas, también cambia el acervo génico de las regiones y las especies. Las resistentes bacterias que viven en las aguas frías, por ejemplo, se multiplican lentamente en los lagos, pero sus tipos genéticos terminan por dominar el acervo genético, donde anteriormente estas bacterias sólo suponían una pequeña fracción de la población bacteriana del lago. Antes tenían que luchar por sobrevivir, pero ahora se ven favorecidas por las nuevas condiciones, producto de una selección natural. Tal transformación se debe tanto a la estructura genética como a la interacción de todo el ecosistema. La colisión entre Norteamérica y Europa no sólo dio lugar a una cadena de montañas, sino que también provocó una transformación social, que se fue dando a medida que el ecosistema se adaptaba a las nuevas condiciones.

La actual sociedad de Estados Unidos refleja algunas de estas dinámicas: nuestra sociedad es una creación de la colisión entre el mundo europeo y el estadounidense. En muchos sentidos, se podría suponer que Europa ha salido victoriosa, pero en los últimos doscientos años el espíritu de los pueblos nativos americanos ha perseguido inevitablemente a los vencedores. Los europeos sospechaban que la espiritualidad basada en la Tierra de esos pueblos era indispensable para lograr una verdadera salud, pero sólo unos pocos, los más dotados, pudieron explicar esta conciencia. Se proyectó en el medio la colisión que podría haberse producido en un plano psíquico y espiritual. En muchos sentidos, el daño que ha sufrido la naturaleza en el continente americano se relaciona con la marginación de las mujeres, de los nativos americanos, de los negros.

En nuestra conciencia de estas últimas décadas surge el reconocimiento de que la interacción complementaria de ambas tradiciones es nuestra fuente más importante de creatividad social y poder político. Hemos entrado en período de enormes promesas. El espíritu científico y tecnológico, cristiano, masculino, individualista y noreuropeo se une a la espiritualidad ecológica, animista, femenina y comunitaria de los nativos para crear una nueva sociedad mucho más trascendente que cualquier acontecimiento político o social. La interacción psíquica que se ha producido de manera desequilibrada, destructiva e inconsciente durante quinientos años pasa a una nueva fase gracias a la influencia de los movimientos ecológicos, feministas, negros e indígenas.

Esta transformación de la conciencia restablece el equilibrio de los centros psíquicos de gravedad, posibilitando una profunda reconstrucción de la sociedad contemporánea. Toda la energía creativa que emana de estas diversas tradiciones crea una sociedad que nos aleja del reino global del terror y nos acerca a un nuevo equilibrio, a una nueva prosperidad, a una aceptación gozosa del ser humano en medio de todas las comunidades.

Reinventamos la sociedad humana transformando nuestros códigos. Recuerda a cómo el ecosistema reescribe los códigos genéticos para transformar su sociedad. Nuestros códigos son transgenéticos. Los códigos legales, por ejemplo; nuestro sistema legal continúa procesos que antes de la aparición del ser humano estaban codificados genéticamente y en el futuro seguirán siendo un reflejo de este proceso de transformación social, y lo mismo pasará con los códigos de educación. Las costumbres tradicionales relacionadas con la alimentación, el trabajo y el juego sufrirán los efectos de los cambios.

Cuando cambien nuestros valores y nuestros hábitos, la sociedad entregará el poder político precisamente a aquellos que durante los dos últimos siglos han sido considerados como seres marginales. Ahora se los ignora, pero se los preferirá a ellos, porque representarán cada vez más las convicciones más fundamentales de los ciudadanos estadounidenses.

JOVEN: Hablas con tanta seguridad que me pregunto si estás absolutamente convencido de que va a pasar.

THOMAS: Imagina que estás viviendo en la época en que la placa europea empezó a presionar la placa continental de América del Norte, cuando estas dos maravillosas realidades empezaron a colisionar con tanta fuerza que durante cien millones de años estuvieron levantando la corteza terrestre. ¡Qué difícil habría sido entonces confiar en la aparición de las montañas y en la transformación de todas las sociedades implicadas!

JOVEN: Pero se trata de algo que puedes *ver*: el movimiento de la Tierra y todo lo demás

THOMAS: El calor en el centro de la Tierra y la presión de la interacción gravitacional que provocan la colisión, sí. Nos habrían permitido ver la inevitabilidad.

En el plano humano se produce algo parecido: una emergencia irrefrenable de la energía humana. Me refiero a la energía que surge de la evolución del cosmos, por la historia de las galaxias y de las estrellas, de la vida y de la Tierra. Si la colisión de las placas tectónicas provoca terremotos, se podría decir que la emergencia de la historia del cosmos provoca «humanomotos». ¡Piénsalo! Por primera vez en la historia de la humanidad, tenemos en común una historia del origen del universo que también cautiva el interés en todos los rincones del planeta. Independientemente de las diferencias raciales, religiosas, culturales o nacionales, los seres humanos ahora tienen un lenguaje común que les permite empezar a organizarse por primera vez como especie.

Todas las sociedades que han existido a lo largo la historia de la humanidad se han basado en relatos fundamentales sobre el cosmos. Estos relatos primigenios les han permitido definir lo que es auténtico y valioso, lo que es bello, lo que vale la pena, lo que conviene evitar, lo que es digno de esfuerzo. Con la sociedad moderna pasa exactamente lo mismo. Nosotros también nos basamos en nuestra cosmología fundamental para determinar posiciones de poder y para tomar decisiones cruciales.

Actualmente estamos modificando nuestra visión fundamental del mundo. Estamos creando un nuevo significado para lo que es auténtico y valioso, lo que conviene evitar y lo que es digno de esfuerzo. La nueva historia del cosmos que emerge en la conciencia humana supera todas las interpretaciones anteriores del universo, por la simple razón de que las combina en una plenitud coherente. Y lo más extraordinario es que esta interpretación, a pesar de que proviene de la tradición científica empírica, corrobora de una manera muy profunda y sorprendente la concepción ecológica de la Tierra celebrada en todas las espiritualidades nativas tradicionales de todos los continentes. ¿Quién puede descubrir el sentido que tiene todo esto y quedarse tan tranquilo?

EL ARTE DE ENCENDER
UN FUEGO CÓSMICO

JOVEN: ¡Espera un momento! Estoy muy confundido. ¿De qué va esto? Sólo estamos hablando, ¿no?

THOMAS: Sí, sólo estamos hablando.

JOVEN: ¿Y cómo encaja esto con todo lo que está pasando?

THOMAS: Bueno, estamos sentados aquí, conversando, el Sol están encima de China día y el roble...

JOVEN: De acuerdo, de acuerdo, pero ¿cuál es el sentido de esta conversación? ¿Para qué sirve exactamente?

THOMAS: Para entender el lenguaje de los seres humanos tenemos que colocarnos en el contexto de la Tierra como realidad que se autoorganiza. La Tierra aprendió sola a crear los procesos fotosintéticos, a progresar gracias a las angiospermas, a producir tierra fértil. No aprendió todo esto de Marte ni de la galaxia de Andrómeda. La educación de la Tierra es autoeducación.

Los seres humanos están involucrados en la misma dinámica autoeducadora. Por eso estamos aquí, sentados, conversando, como quien dice en una etapa más del antiguo proceso de aprendizaje de la Tierra. Nuestra situación implica algo nuevo –la autorreflexión– que se manifiesta sobre todo a través del lenguaje, pero el lenguaje es sólo un aspecto de un proceso más amplio de aprendizaje. Estar sentados conversando es parte del proceso de educación de la Tierra. ¿Lo entiendes?

JOVEN: Sí.

THOMAS: En este momento la Tierra lucha por aprender a ser más autorreflexiva, y para lograrlo se vale de una conciencia autorreflexiva que antes no tenía esa capacidad.

JOVEN: Pero ¿cómo se autoeduca la Tierra?

THOMAS: ¡Incluso mientras hablamos! Todo esto es la Tierra educándose. Tan sólo piensa en el lenguaje que ha cobrado vida esta tarde: ¿crees que somos los únicos responsables de ello? ¡Claro que no! Piensa en todos los sacrificios que tuvieron que hacer miles de millones de seres para hacerlo posible. Tomemos como ejemplo una sola frase: «La bola de fuego estalló al comienzo de los tiempos, hace catorce mil millones de años». Para expresar esta idea hicieron falta catorce mil millones de años de desarrollo cósmico. No es «mi» frase; tampoco «pertenece» a los científicos teóricos que predijeron por primera vez la bola de fuego ni a los científicos empíricos que detectaron por primera vez su calor. En realidad, es una idea expresada por toda la Tierra. Sería imposible expresarla sin los océanos, los ríos, el aire, los organismos vivos y los miles de años de desarrollo de la cultura humana. Cada frase que se dice es expresada por la propia Tierra, todo el lenguaje proviene de la Tierra como parte de una embriogénesis bioespiritual. Todo este rato has estado aquí sentado escuchando cómo la Tierra hablaba. El lenguaje pertenece a la Tierra igual que la cordillera de las Cascadas pertenece a la Tierra. Tal como la Tierra se esfuerza por adquirir autorreflexión, tú te esfuerzas por convertirte en la mente y el corazón de la Tierra. Así es cómo la Tierra –de la que tanto tú como yo formamos parte– se autoeduca.

JOVEN: Antes de que me vuelva a perder, háblame de las palabras. ¿Qué pasa con las palabras?

THOMAS: Cuando le prestas atención a este lenguaje, que es el lenguaje de la Tierra, las palabras te van dando forma. Tu atención está formada por palabras; tus deseos están moldeados por palabras, tus visiones para el futuro están inspiradas por las palabras. Al mismo tiempo que el universo te va dando forma, se va dando forma a través de ti para ser más intensamente consciente de su existencia gracias al desarrollo de la conciencia autorreflexiva.

El universo es nuestro principal maestro. El universo evoca nuestro ser, nos aporta energía creativa, se empeña en que tengamos una actitud reverente ante todo y nos libera de nuestra limitadísima auto-descripción. El universo nos regala el fuego y nos enseña a emplearlo.

JOVEN: Cuando dices que «nos regala el fuego», ¿qué quieres decir?

THOMAS: Lo digo en el sentido más simple y directo. El universo nos regala fuego, verdadero fuego, el fuego de los cielos

JOVEN: ¿Cómo?

THOMAS: Veamos qué pasa en este mismo instante de experiencia: implica sensaciones, pensamientos, emociones, expectativas y esperanzas, con toda la subjetividad que define tu *ahora*. Podríamos pensar en ello como una manifestación psíquica de los procesos neurofisiológicos del organismo. Hay una correlación física entre la electricidad de tu sistema nervioso y tus experiencias subjetivas. ¿Lo entiendes?

JOVEN: Sí, perfectamente.

THOMAS: Desde un punto de vista físico, hay una correlación entre el movimiento de los iones en tu cerebro y tus experiencias subjetivas. Se podría decir que las vivencias cambian de acuerdo con los flujos de iones o, lo que es lo mismo, que los distintos estados de ánimo se reflejan en distintos flujos de iones en el sistema nervioso. ¿Qué hace que los iones se muevan? ¿Qué te permite pensar? ¿Qué te lleva a pensar, a sentir y a preguntarte?

Los iones no se mueven por voluntad propia; necesitan un impulso. Si observamos detenidamente el movimiento de los iones, vemos que el impulso proviene de las moléculas cargadas de energía que hay en el cerebro. Y si lo observamos más detenidamente todavía, vemos que lo que les permite a las moléculas darles ese impulso es la energía que encierran y que, en última instancia, proviene de los alimentos que ingerimos. La energía de los alimentos proviene del Sol; los alimentos atrapan fotones en su red molecular y esta energía fotónica es el motor que hace que se muevan los iones del cerebro y posibilitan este instante de increíble subjetividad humana. Ahora mismo, en este mismo instante, los iones fluyen de un lado a otro gracias a cómo los has organizado la energía del Sol.

Pero aún no hemos terminado. ¿De dónde provienen los fotones? Sabemos que en el núcleo solar, la fusión atómica produce átomos de helio a partir de átomos de hidrógeno y que, como parte de ese proceso, también se liberan fotones. Si los fotones provienen de los átomos de hidrógeno, ¿de dónde ha obtenido fotones el hidrógeno? Eso nos lleva de nuevo a la bola de fuego primigenia, al momento de la creación.

La bola de fuego primigenia fue un enorme chorro de luz, tan descomunal que desplazó las partículas elementales como si fueran fragmentos de madera flotando en medio de la marea. A medida que la bola de fuego se iba expandiendo, la luz empezó a disminuir hasta que centenares de miles de años después la energía descendió a un nivel que pudo ser captada por los electrones y los protones que conforman el átomo de hidrógeno. Los átomos de hidrógeno están repletos de energía proveniente de la bola de fuego y tormentas sinfónicas de energía se mantienen apelotonadas en unos átomos extremadamente reacios a renunciar a esta energía. Pero en el núcleo de las estrellas los átomos de hidrógeno se ven obligados a expulsarla en forma de fotones y esa lluvia de fotones que se remonta al comienzo de los tiempos es lo que permite *tu* pensamiento.

JOVEN: ¿De verdad?

THOMAS: El fuego procedente del comienzo de los tiempos te empodera *ahora, en este preciso instante.* Lo que piensas y sientes en este momento es gracias al fuego cósmico. Todo tu sistema nervioso está lleno de ese fuego.

JOVEN: Me quedo sin palabras.

THOMAS: Y sientes una descarga de nueva energía psíquica, ¿verdad? ¿Quién ha evocado esta energía si no el universo, nuestro principal maestro? El universo nos inspiró a dedicar cuatrocientos años a minuciosas investigaciones empíricas y ahora, en vez de encontrarnos ante un montón de datos estériles, resulta que hay una energía psicológica asombrosa que nos inunda.

El universo nos entrega el fuego que proviene del principio de los tiempos y, simultáneamente, evoca nuestra profunda referencia por este fuego. El universo nos exige una respuesta. ¿Qué vamos a hacer? ¿Vamos a despertar, vamos a esforzarnos por crear una belleza que sea digna del origen de ese fuego? ¿Vamos a darle forma tal como él nos ha dado forma a nosotros, conscientes del gigantesco esfuerzo que se ha hecho para recibirlo?

Todas las mañanas al despertar, aún tumbados, recibimos el fuego que creó todas las estrellas. Nuestro acto moral más importante es venerar este fuego, la fuente de nuestra transformación, de nosotros mismos, de nuestra sociedad, de nuestra especie y de nuestro planeta.

En todo momento nos enfrentamos a esta responsabilidad cósmica: dar forma y transmitir este fuego de una manera digna de su origen numinoso. Lo veneramos desarrollando conciencia sobre su uso; nos preguntamos si lo estamos protegiendo, si lo respetamos. ¿Estamos creando belleza en nuestro hogar planetario? Éste es el fuego central de tu yo, el fuego central de todo el cosmos; no hay que desperdiciarlo en trivialidades ni venganzas, ni en resentimiento, ni en desesperación. Somos capaces de *encender* el fuego cósmico. ¿Qué se puede comparar con un destino así?

Cuando digo que el universo es la principal autoridad moral, me refiero a cómo hemos aprendido cuál es el valor de la Tierra. Las estrellas nos legaron los elementos, la joven Tierra nos dio los compuestos complejos, los microorganismos nos dieron secuencias informadas de genes, los organismos vivos más evolucionados nos dieron los miembros y los órganos de nuestro cuerpo, y la aventura del ser humano nos ha dado los símbolos lingüísticos con los que transmitimos ideas y sentimientos. Sin el trabajo de quienes dieron forma a los ojos seríamos ciegos; sin el trabajo de quienes dieron forma a los oídos seríamos sordos. El universo ha creado estos dones prodigándolos en abundancia; nuestra respuesta espontánea y más profunda es una infinita gratitud.

Lo que ha dado origen a todo esto ahora desea nuestra creatividad, nuestro compromiso y nuestra entrega; nuestro deleite al tomar plena conciencia de la historia de la evolución del cosmos. Las montañas y los mares, las estrellas y los organismos vivos —todos destinatarios de la misma generosidad, contribuyentes a las futuras culminaciones desconocidas de nuestro trabajo— tiemblan con la misma fuerza. Teniendo por delante un número limitado de días por vivir y disponiendo de una cantidad limitada de fuego primordial para hacer lo que tenemos que hacer, ¿quién podría negar que lo único que importa es contribuir a la asombrosa tarea de dar forma al universo?

Y por esto, yo resumo en pocas palabras nuestra historia científica cosmológica contemporánea de la realidad afirmando que el universo es un dragón verde. Verde, porque todo el universo es vivo, una embriogénesis que comenzó con el huevo cósmico de la bola de fuego primigenia y que culmina en la realidad emergente presente. Y un dragón, nada menos, porque los dragones son seres místicos, poderosos, que aparecen y desaparecen misteriosamente, fieros, benignos y, muchas veces, capaces de transmitir la sabiduría más profunda a los seres humanos. Y los dragones están llenos de fuego. Y aunque no existen los dragones, somos el aliento que despiden. Somos la llama creativa, centelleante, abrasadora y sanadora de un universo asombroso y encantador.

AGRADECIMIENTOS

¿Qué era lo esencial? El aire, los alimentos de la Tierra, la lluvia evidentemente. Y el asombro de las tormentas eléctricas de verano. Pero ¿tiene algún sentido enumerarlos? Creo que sí. El estupendo silencio de las montañas impregna mi pensamiento. ¿No debería mencionarlo? Sin el misterio de un bosque en la noche hace mucho que me habría quedado sin ideas. O la melancolía de las nieves invernales. Mi principal deuda, sin embargo, es con la belleza del cielo nocturno. Y mi agradecimiento es hacia la sensibilidad humana y su expresión exultante en nuestras tradiciones científicas, artísticas y religiosas. Nunca más podré ser la misma persona después de estas empoderadoras conversaciones con los viajeros espirituales de la ICCS, el grupo de física matemática PLU/UPS.

ÍNDICE

Basándose en sus experiencias personales como médium psíquico y los miles de conversaciones que ha tenido con el Espíritu, Matt Fraser desvelará la pregunta más popular de la vida, «¿Qué pasa después de la muerte?».

Matt se sumergirá en lo que sucede cuando hacemos el tránsito, explorará las hermosas realidades del cielo y de la vida eterna, los ángeles de la guarda que nos mantienen a salvo en la Tierra y muchas más cosas. También explicará cómo podemos sintonizar con nuestros propios médiums internos y cómo reconocer mejor las señales y los mensajes que nuestros seres queridos nos envían desde el cielo.